양인산 신무협 장편소설
ORIENTAL FANTASYSTORY & ADVENTURE
장인전생

dream
books
드림북스

장인전생 6

초판 1쇄 인쇄 2016년 2월 16일
초판 1쇄 발행 2016년 2월 26일

지은이 양인산
발행인 오영배
책임편집 편집부
표지 · 본문 디자인 공간42
제작 조하늬

펴낸곳 (주)삼양출판사 · 드림북스
주소 서울시 강북구 도봉로 173
대표 전화 02-980-2112 팩스 02-983-0660
출판등록 1999년 3월 11일 제9-00046호

ISBN 979-11-313-0495-2 (04810) / 979-11-313-0407-5 (세트)

드림북스는 (주)삼양출판사의 판타지 · 무협 문학 브랜드입니다.

6

양인산 신무협 장편소설

ORIENTAL FANTASYSTORY & ADVENTURE

장인전생

dream
books
드림북스

匠人 장인전생

목차

제1장
견제 세력들

　광동성에 지점이 있는 여러 상단과 세력들의 장로들이 한자리에 모였다. 주천세가, 유종상단, 정가 등. 광동성의 크고 작은 세력들이 한곳에 뭉쳤다.

　정가에서 마련한 자리이다. 그들에게서 어색한 침묵만이 흐르는 가운데, 유종상단 내에서도 성격이 급하기로 소문난 초준이 탁자를 때렸다.

　"아니, 도대체 해경상단에서는 언제 온다는 겁니까?"

　이곳에 모인 지 어느덧 한 시진째. 초준의 성격상 한 시진이나 기다렸다는 건 정말 많이 기다린 것이나 다름이 없었다. 애초에 어지간히 느긋한 사람이라도 성질을 내도 이상할 게 없을 정도로 많이 기다렸다.

주천세가의 장로, 수훈종은 묵묵히 차를 마시다가 탁자에서 소리가 나도록 찻잔을 내려놓았다. 가장 성격이 유순한 주천세가의 또 다른 장로인 장수추도 불편한 기색을 드러낼 정도니 말은 다한 셈이다.

"오겠다고 이미 제게 기별을 넣긴 했는데…… 왔어도 남았을 시간이 확실히 지나긴 했습니다."

정가의 장로인 가우환은 불편한 기색을 숨기지 못했다. 이미 시간이 한참 지체되었다. 상단의 입장에서도 시간을 이대로 낭비할 수는 없었다.

"해경상단이 와야 이야기가 진행되니 이거 참."

초준의 성격상 이 정도 기다려 준 것도 많이 기다린 것이었다. 중요한 일이 아니었다면 다 필요 없다면서 이미 오래전에 자리를 박차고 나갔을 것이다.

그때 밖에서 인기척이 들려오면서 문이 열렸다.

"아니, 도대체 시간이 얼마나 지났……."

왜 이렇게 늦었냐며 성질을 내려던 초준이 자리에서 벌떡 일어나며 말문이 막혔다. 워낙 뜻밖의 인물이 왔기 때문이었다. 그들 앞에 나타난 것은 해경상단의 인물이긴 했다. 하지만 장로도 아니고, 젊은 여인이 그들을 찾아왔다. 여인이 손을 가지런히 모으며 인사했다.

"해경상단의 조전모련이라고 합니다. 죄송합니다. 오는 길에 마차 바퀴가 빠지는 바람에 시간이 많이 지체되었습니다."

해경상단의 장로가 올 줄 알았더니 젊고 어여쁜 여인이 오니 그들 입장에서도 당황스러울 법도 했다. 유일하게 그 여인을 아는 사람은 딱 한 사람뿐이었다. 가우환이다. 그는 해경상단에 몇 번 방문하면서 그녀를 본 적이 있었다.

"아니, 자네는 해경상단의……."

"예, 해경상단의 상단주가 바로 제 아버님 되십니다. 그리고 오늘 이 자리에는 해경상단을 이어받을 후계자로서 온 것입니다."

조전무는 슬하에 조전모련, 딱 한 명밖에 없었다. 그러니 자연스럽게 조전모련이 훗날 해경상단을 이어받을 후계자가 된 것이다. 그녀가 해경상단 후계자 교육을 받고 있다고는 들었지만 설마 이곳에 찾아올 줄은 전혀 몰랐다.

"크흠! 마차를 얼마나 혹사시켰으면 바퀴가 빠졌는가. 다음부터는 늦지 않도록 하게나."

"예, 진심으로 죄송합니다. 제가 폐를 끼쳤군요."

상단에게 있어서 시간은 곧 금이다. 중요한 거래가 있는데 늦으면 어떤 곳이든 좋게 볼 수 없었다. 조전모련도 그것을 뼈저리게 깨닫고 있었다. 다행히 거래가 아니라서 그렇지, 중요한 약속에 늦은 것도 큰 결례였다.

그녀는 빈자리에 앉았다. 곧 그녀의 찻잔에 뜨거운 차가 채워졌다.

"이제 다 모였군."

유종상단의 장로 초준, 주천세가의 수훈종과 장수추, 해경상단의 조전모련. 많이 늦었지만 이제라도 모였으니 다행이라 생각했다.

모든 이들은 힐끗 조전모련을 바라보았다. 그녀는 담담한 표정으로 차를 마시며 시선이 마주치는 이들에게 빙긋 미소를 지어 주었다.

'대단한 인물이군.'

'비록 여인이긴 하지만 해경상단의 후계자답다고 해야 하나?'

오랜 세월 많은 사람과 마주친 그들은 조전모련의 첫인상을 좋게 생각했다. 이런 자리는 처음일 텐데 긴장하는 기색도 없고, 상대의 마음을 혼란스럽게 할 정도로 반드시 미소를 짓는다.

남성의 마음을 흔들어 놓는다고 해야 할까?

장사꾼이 아름다운 여성일 때 거래 확률이 높은데, 조전모련은 그것을 잘 이용하고 있는 느낌이었다. 거래를 할 때 방심하다가는 뒤통수 맞을 수 있겠다 생각했다. 다행히 지금은 거래를 위해서 온 것이 아니기에 걱정하지 않아도 될 것이다.

"시간이 지체되었으니 바로 본론으로 가겠습니다."

가우환이 헛기침을 하더니 얘기를 시작했다.

"제가 여러분을 이렇게 한자리에 모신 것은 종리세가의 현 상황에 대해 말하기 위해서입니다."

다들 짐작했다는 듯 고개를 끄덕였다. 조전모련은 흘깃 그들을 바라보았다.

'유종상단, 정가, 주천세가가 모인 것을 보면 의도가 무엇인지 딱 알 수 있지.'

그들은 현재 종리세가를 견제하는 데 주체가 되는 세력들이다. 평소에는 서로 앙숙같이 치고받았던 그들이 이렇게 한자리에 모였다는 것은 종리세가와 관련된 일이라는 뜻이다.

그런 곳에 해경상단을 왜 불렀는지는 안 물어봐도 뻔하다.

'우리를 자기편으로 끌어들일 목적이로군.'

아니나 다를까, 그녀의 생각대로 가우환은 자신들을 포장하기 시작했다.

"종리세가가 지금 이상으로 더 커지게 되면 우리의 입지가 좁아집니다. 종리세가가 광동에서 제일가는 문파이긴 하지만 지금껏 각자 세력을 유지하고 있었습니다. 하지만 그들이 그 균형을 깨고 있습니다."

의도가 훤히 보여 웃음이 나오려는 것을 참는 조전모련이었다.

"종리세가가 출품하면서 기존에 잘 팔리던 물건들까지 위협을 받았습니다. 유종상단이 특히 그렇지 않습니까?"

"예, 조갑단이라는 것 때문에 조갑을 자르는 가위가 전혀 팔리지 않게 되었습니다. 물론 취급하는 건 그 외에도 여러 가지가 있습니다만, 그들이 요상한 물건을 만들어 판매하니 다른 물품도 언젠가 위협하게 될 겁니다."

아직 이르다고 판단할 수 있지만 그들이 걱정하는 것도 무리가 아니었다. 계속해서 이상한 물건을 판매하는데, 사람들은 편리하다며 종리세가에서 납품하는 물품을 고집하고 있는 상황이다.

"이 상태로 계속 커져 가면 훗날 해경상단에게도 위협을 가하게 될 겁니다."

"맞습니다. 이 이상 세력이 커지면 훗날 해경상단도 결단을 내려야 할 겁니다."

해경상단은 그들의 편도, 그렇다고 종리세가의 편도 아니었다. 해경상단이 어디에 끼어드느냐에 따라 판도가 확 달라질 수 있다.

종리세가의 자본은 이미 그들이 합한 것보다 많았다. 예전 같았으면 벌써 무너졌겠지만, 지금은 그만큼 성장했다는 뜻. 하지만 아직 해경상단에 비할 바는 아니었다. 광동성 대다수의 물품이 해경상단에서 판매하는 것이기 때문이다.

종리세가가 신기한 물건으로 많은 이득을 보았어도, 해경상단은 그 규모부터 달리했다. 종리세가에서 만드는 물건들의 자재 대부분은 해경상단에서 구입한 것들이다. 해경상단에서 출품을 하지 않는다면 종리세가는 만들고 싶어도 만들 수 없는 것이 사실이다.

'그렇다고 틀린 말도 아니야.'

확실히 그들의 말에도 일리가 있다. 만일 종리세가가 이 이상 커지게 되면 광동 제일의 상단인 해경상단도 분명히 영향이 갈 것이다.

지금 해경상단은 자재들을 위주로 판매하고 있다. 광동성에 들어오는 모든 재료들을 그들이 독점하고 있다.

그러나 그들이 규모가 커지고 대항할 수 있을 정도로 세력이 커져 손을 벌리게 되면 독점하다시피 했던 해경상단의 이윤이 반으로 갈라질 것이다. 그렇게 되면 종리세가는 점점 세를 불려 나가게 될 것이고, 해경상단은 그만큼 규모가 줄어들 것이다.

"또한 종리세가의 가주가 전쟁까지 불사하겠다는 의지를 표명했다고 합니다."

"종리추가 모든 것을 독점하겠다는 야욕에 눈이 먼 것 같습니다."

"세력도 커지고, 자본이 생기니 욕심에 눈이 먼 것이겠지요."

조전모련은 마주 앉은 사이로 김이 모락모락 피어오르고 있는 찻잔을 들며 조용히 생각에 잠겼다. 지금 그들은 자신들끼리 말하면서 그녀에게 종리세가를 욕보이고 있는 것이다.

종리세가에서 납품을 받아 이윤이 생긴 만큼 그들의 말이 불편할 수밖에 없는 것이다. 모름지기 장사꾼이든 상단이든 상도(商道)라는 게 존재하는 법이다. 확실히 그들의 편에 서면 해경상단에는 타격이 없다.

해경상단이 그들의 편에 섰다는 것 하나만으로도 명분이 갖춰지기 때문이다. 상황이 역전되어 그들이 불리해져도 해경상단은 도중에 빠져나가도 됐다. 거래 때문에 잠시 그들과 가까이했다고 하면 그만인 것이다. 그러나 그것은 신용과 직결되는 문제다. 께름칙할 수밖에 없었다.

'그렇다고 거절한다면 우리도 피해를 입게 되겠지.'

그들이 죽자 살자 덤벼들면 그 피해가 얼마나 커질지 장담하지 못한다. 모든 일에는 혼자서 할 수 없는 것이란 게 있는 법이다.

해경상단의 하부 업체들의 대부분은 이미 그들의 편이었다. 해경상단도 모르는 사이 그들은 은밀하게 하부 업체들을 포섭해 나간 것이다. 정보가 알려졌을 즈음에는 이미 대다수의 하부 업체들이 돌아서고 난 후다. 지금의 위세 때문인지 늑장 대응을 한 것이다. 너무 안이했다.

물론 하부 업체들도 해경상단에서 일을 해 주지 않으면 피해가 많은 것은 사실이다. 편에 서 있는 하부 업체만으로도 충분히 잘 돌아갈 수 있겠지만, 규모가 훨씬 작아질 수밖에 없다.

'그렇게 되면 그 모든 불편은……'

해경상단의 이윤은 둘째치고, 백성들이 불편을 겪는다. 자재들이 제때 도착하지 않으니 원성이 자자해질 것이다. 그렇게 되면 자연스럽게 해경상단의 신용이 떨어진다. 상인은 신용으로 먹고산다는 말이 있을 정도다.

신용이 없다면 누가 믿고 거래를 하겠는가.

'어디를 가도 문제로군.'

하지만 이 문제는 그녀가 알아서 할 일이다. 조전무가 그녀에게 이 문제에 대한 모든 전권을 맡기겠다고 했기 때문이다. 훗날 해경상단을 이끌어 갈 자라면 이런 큰일을 먼저 겪어 봐야 한다면서.

조금만 잘못해도 해경상단은 치명적인 피해를 입게 된다.

'어렵구나.'

지금은 중립을 유지하고 있는 해경상단. 지금처럼 계속 중립을 유지하는 것이 가장 좋을지도 모르지만, 그들이 과연 그렇게 놔둘까 싶다.

하부 업체들을 설득한 그들이 해경상단의 인물들까지 포섭한다면 상황은 걷잡을 수 없게 된다. 지금 어떻게든 억제하고는 있지만, 상황이 바뀌면 생각을 달리 만들 수 있었다.

"해경상단에서는 이를 어떻게 받아들이고 계시는지요?"

결국 화살이 그녀에게로 날아왔다. 조전무련의 머리는 현재 복잡한 상황이지만 티를 내지 않았다. 속단하기에는 아직 이르다는 걸 그녀도 알고 있었다.

'조금 더 지켜볼 요량이지만, 언젠가 나도 결정해야 되겠어.'

종리세가의 편에 들지, 이들의 편에 들어야 할지. 어디에 붙어야 할지 신중하게 결정해야 될 때다.

* * *

"가주님, 정가에서 해경상단과 접촉했다고 합니다."

"그래, 해경상단과 결탁하려고 하는 것 같나?"

"확실한 건 아니지만, 그런 의도가 깔려 있는 것 같습니다."

종리추가 깊은 한숨을 내쉬며 관자놀이를 꾹꾹 눌렀다. 아직까지 해경상단이 그쪽으로 붙지 않았다는 것은 당장 안심할 수 있다는 상황이라는 것이다.

"정가, 주천세가, 유종상단. 다 무너져가던 것을 우리가 구제해 줬는데 그 은혜도 모르고……!"

물론 그 일은 아주 한참 옛날이다. 백 년도 더 된 일.

그 안에는 서로의 이윤이라는 밑바탕이 있었기에 도와준 것이지만, 은혜를 원수로 갚을 줄은 몰랐다.

삼십 년 전까지만 하더라도 종리세가에 간간이 도움을 요청할 정도로 작았던 곳이다.

종리세가에서 아낌없이 지원해서 지금과 같이 성장했는데, 이제 배가 불렀다고 이렇게 대하다니.

그들의 입지가 좁아지기 시작하니 견제할 줄은 상상도 못 한 일이다.

밑바닥에서 뭍으로 끌어 올려 줬더니 이제는 자신을 수렁으로 빠뜨리려고 한다. 그렇기에 종리추는 피가 거꾸로 솟는 기분이었다.

금관지도 그의 심정을 충분히 이해하고도 남았다. 전대 가주들이 어떻게 했는지 들은 것이 있기 때문이다. 상당히 괘씸한 일이 아닐 수 없었다.

금관지도 종리추와 같은 심정이었다. 하지만 지금은 화를 낸다고 해도 소용없는 일이다. 이미 상황은 악화되었고, 그들은 종리세가에게 칼을 뽑았다. 이 일은 그냥 용서할 수 없는 일이다.

은혜는 은혜로, 원수는 원수로 갚는 것이 강호다. 상황이 뒤바뀌는 순간 그들은 그 대가를 치르게 될 것이다.

"그래, 신녀문에서는 어떤 반응인가?"

종리세가에 납품 계약을 맺은 신녀문. 신녀문이 확실하게 도와준다면 상황은 순식간에 역전된다.

"신녀문에서도 필요하면 도와주겠다고 했습니다만, 마교의 무리들 때문에 그곳에 신경이 곤두선 탓에 큰 기대는 안 하는 게 좋을 것 같습니다."

"후우, 그놈의 마교 놈들은 어딜 가나 문제로군!"

마교가 백화령과 흑수를 노리고 있다는 것은 이미 다 들었다. 흑수가 신녀문의 보호를 받는 이유를 종리연에게 전부 들었기 때문이다.

지금은 잠시 누그러진 것 같지만 방심하지 않고 계속 주시하는 중이라고 한다.

이곳으로 시선을 돌릴 틈이 거의 없으리라 생각했다. 종리세가가 신녀문과 같은 일이 있었으면 마찬가지로 그랬을 테니까.

방심할 때 뒤를 노리는 것이 마교이다. 신녀문에서도 조심스러울 수밖에 없는 문제다.

그 때문에 종리세가에서 추가적으로 백화령과 흑수의 호위를 맡겼다.

"결국 일단은 우리끼리 헤쳐 나가야 한다는 소리로군."

"예, 가주님."

종리추는 잠시 침음하다가 입을 열었다.

"그래, 그들은 협상을 할 생각이 있고?"

"말은 그렇게 합니다."

말이 그렇다는 것은 겉으로만 할 의사가 있다는 것이고, 속으로는 절대 없다는 것이다. 그러니 협상을 하더라도 자신들이 원하는 방향이 담겨 있을 것이다.

"원하는 것이 뭐라고 하던가?"

"종리세가에서 판매하고 있는 감자 깎기, 조갑단 그 외 훗날 만들 발명품의 독점 판매를 중단하고 공유하자고 합니다."

"말도 안 되는 소리!"

누가 봐도 말도 안 되는 소리다. 아무것도 하지 않은 그들이 무슨 자격으로 그런 조건을 단다는 말인가!

도움을 줬으면 정당한 요구라고 볼 수 있지만, 아무 도움도 주지 않고 공유하자고 하다니…… 이건 완전히 날강도가 따로 없었다.

"종리세가에서 만드는 것 때문에 자기들 물품이 팔리지 않아 그 손해가 막심하다고 합니다. 자금이 종리세가로 집중되어 세력의 균형이 기울고 있으니, 이것은 곧 자기들을 흡수해서 세력을 넓히려는 속셈이 아니냐고 합니다. 정말 말도 안 되는 소리지요."

"기가 차서 말도 안 나오는군."

세상에 이렇게 황당무계한 일이 또 있을까?

그런 말도 안 되는 명목으로 이런 일을 벌이려고 하다니. 문파라는 것이 한쪽으로 세력이 커지면 견제하는 이들이 생기는 건 어쩔 수 없었다. 무슨 명목으로 자신들을 치게 될지 항상 불안을 안고 살 수밖에 없는 까닭이다.

종리세가가 현재 포화 상태에 이르렀으니 충분히 그런 생각은 가질 수 있다. 하지만 종리추는 그런 생각이 전혀 없었다. 두루두루 같이 평화롭게 지내자는 것이 종리추의 생각이다. 싸움으로 얻는 것보다 평화로 얻는 것이 더 많다는 걸 알기 때문이다.

"앞으로 협상 따위 할 필요도 없을 것 같군."

"예, 그들도 우리들과 전쟁을 불사할 각오도 하고 있다고 합니다."

"올 테면 오라고 해. 이미 우리는 전쟁 준비를 다 갖췄으니까."

종리추와 종리세가의 무인들은 언제든 싸울 준비가 되어 있다. 인원은 적지만, 광동성에서 종리세가에 대적할 문파가 없었다. 광동성은 지금 당장이라도 피바람이 불듯 싸늘해졌다.

*   *   *

흑수는 종리세가에서 이틀 정도 머문 후, 오랜만에 대장간에 올 수 있었다. 집에 도착한 흑수는 짐을 방에다가 던져 두더니 뒤뜰부터 살폈다.

"닭들이…… 염소들이……."

염소는 네 마리가 더 늘어났고, 닭장은 포화 상태에 이르렀다.

늘어난 닭 때문에 그간 대장간을 관리했던 종리세가의 무인들이 공간을 조금 더 확장한 듯하지만, 그래도 비좁아 보였다. 오늘이나 내일 조금 더 넓혀야 할 것 같았다.

"닭이나 계란 좀 먹지."

네다섯 마리만 있어도 충분한데, 지금은 닭이 열다섯 마리 정도 되었다. 그중 병아리도 꽤 많이 섞여 있었다. 이렇게 많아도 곤란했다.

'잠깐뿐이지만 식구가 늘었으니…… 오늘은 실력 좀 발휘해야겠군.'

닭을 한 마리씩 뜯으면 될 것 같았다. 이곳까지 오는데 고생한 호위 무사들에게 대접하고 싶었다.

무엇보다 사천성에서 나오면서 산 오량주와 검남춘도 있었다. 창고에 두강주도 있으니 그걸 대접하자고 생각했다.

"여긴 막아 놓았네."

흑수의 전용 수련장이던 곳에 흙이 단단하게 메워져 있었다. 무슨 용도로 사용하는지 모르니 일단 메운 것 같았다. 그들을 탓할 마음은 없다. 알고 한 것도 아니고, 모르고 한 것이니까.

애초에 흑수가 땅을 파기 시작하면 금방 팔 수 있었다. 수련장에 아무렇게나 놓여 있던 물건들은 따로 치워 놓은 것 같다.

다행히 통나무는 남아 있었지만, 일부가 썩어 있었다. 이건 써 봤자 소용이 없어 보여서 그냥 땔감으로나 써야 할 것 같았다.

집이 깔끔한 것을 확인하며 나중에 따로 감사 인사를 전하자고 생각했다.

'일단 시내로 왔을 때 아가씨와 가주님께 바로 전언을 넣긴 했는데 말이지.'

종리연과 총백청은 이곳에 오지 못했다.

견제 세력들 때문에 워낙 바쁘게 돌아가고 있어 오지 못하는 것이다. 한 사람의 손이 아쉬울 정도라고 하니 말은 다한 셈이다.

나중에 이 사태가 진정되면 언제든 올 수 있을 것이리라. 백화령과 집으로 향할 때 종리연은 좀 아쉬운 표정을 지었던 것도 같았다.

'아가씨도 우리 집에 정든 모양인데.'

오랫동안 머물렀으니 충분히 그럴 법했다. 무엇보다 마을 사람들과도 친해졌으니 더더욱 그럴 것이다.

참고로 초련은 총백청과 함께 있게 되었다. 신녀문에서도 초련의 혼인을 허락했다고 한다.

총백청도 문파의 분위기상 지금 당장 혼인하지 못하지만 사태가 진정되는 대로 준비를 서두르겠다고 한다.

"총 무사님도 혼인하고, 난 언제 하게 될지 모르겠고~"

흑수가 부럽다고 생각하면서 집을 둘러보았다.

무인들이 관리를 잘해 준 모양이지, 잡초 하나 없다. 그

따로 청경채와 고구마는 수확을 해 놓은 듯 다 뿌리까지 뽑혀 있었다.

부엌으로 향하니 그곳에 잔뜩 쌓여 있었다.

"어이쿠, 많기도 해라."

씨 종자로 남길 것도 따로 빼놓은 세심함까지. 먼지도 보이지 않는 걸 보면 관리도 잘해 주었다고 생각했다. 남정네들의 솜씨가 아니었다.

무인들은 대부분 이렇게까지 세심하게 청소하지 못한다. 한계가 있으니 종리세가에서 식솔 몇몇을 보내 따로 관리해 줬을 것이다.

깔끔하게 관리된 것을 확인한 흑수가 마당으로 나오자, 백화령과 무인들을 볼 수 있었다. 그들은 시장에서 구입한 부채를 땡볕 아래에서 부치고 있었다.

"소협이 사는 광동성은 정말 무덥군요. 사천성은 아무것도 아닌 것 같습니다."

백화령은 물론이고, 그들을 따라오는 호위 무사들도 땀을 뻘뻘 흘리고 있었다.

햇빛은 사천성의 무더위는 아무것도 아니라는 듯 비웃고 있었다. 게다가 하필 그들은 가장 무더운 날에 왔다.

광동성의 여름은 광동성에 사는 사람들도 일사병으로 쓰러질 정도로 무덥다. 그들은 광동성의 무더운 여름에 지옥을 맛보고 있는 것이다.

"광동성은 겨울에도 따뜻한 곳이니까요."

일 년에 이모작이 가능한 곳이 광동성이다. 그 때문에 몇 해 전 이상기후로 폭설이 내렸을 때 농가의 피해가 상당히 컸다.

흑수나 종리연은 사천성의 여름에도 그리 덥다고 느낀 적이 없었다. 이미 광동성의 기후에 익숙해졌기에 시원하다고 느낄 정도였다.

흑수의 경우 지금도 그리 덥지 않았다. 오행진기 덕분인지 더위나 추위를 거의 느끼지 못했다.

그 무더운 대장간의 화로 앞에서도 망치질을 하는 흑수다. 당연히 이 정도로 쓰러지지 않는다.

"그래도 이 정도면 시원한 편입니다. 근처에 바다가 있어서 거기로부터 바람이 불어오거든요."

"……그렇군요."

이게 시원한 편이라고 하다니. 그럼 더울 때는 얼마나 덥다는 소리인가!

백화령은 담담한 표정이지만, 무인들은 전혀 그렇지 않았다. 흑수는 어색하게 웃었다.

그들 입장에서 이게 시원한 건지 더운 건지 모를 것이다. 광동성에서 그리 오랫동안 머문 것도 아니니까.

"그늘에서 쉬면 좀 나을 겁니다. 그리고 호위 무사들도 오늘은 쉬게 해 주세요. 이러다가 정말 쓰러질 겁니다."

흑수는 무인들까지 걱정해 주었다. 제아무리 무공을 배운 사람이라고 해도 이런 땡볕 앞에서는 오래 견디기 힘들 것이다.

"알겠습니다. 최소 인원만 돌아가면서 호위하도록 하고, 나머지는 휴식하라."

백화령도 그들이 충분히 쉴 수 있도록 해 주었다. 어지간히도 더운 모양이었다. 흑수는 이런 기후에는 이미 익숙해서 괜찮지만 그들은 그렇지 않을 것이다.

그는 빙긋 웃더니 허리띠를 졸라맸다. 집에 도착하면서 옷을 갈아입은 것이다. 평소와 다름없이 흑의를 입은 흑수. 백화령이 물었다.

"소협. 도착하시자마자 일을 하려는 겁니까?"

흑수는 고개를 저었다.

"아뇨, 마을에 온 김에 이웃들에게 왔다고 말하려고요."

겸사겸사 시장에 가서 먹을 것을 사기도 하고 말이다. 무엇보다 청경채와 고구마의 양이 너무 많았다. 딱 필요한 양만 놔두고 이웃에게 나눠 주거나 시장에다 팔 생각이었다.

"저도 따라가겠습니다."

"쉬셔도 돼요."

"아뇨. 저도 가고 싶습니다."

완곡히 가겠다는 의지를 내보이자 흑수도 더는 말리지 않았다. 그녀도 따라오고 싶어 하는 것 같았다.

애초에 대장간에 있어 봤자 할 것도 없을 테니까. 그녀는 당장이라도 나갈 것처럼 자리에서 일어났다. 호위 무사들도 따라나서려는 듯 자리에서 일어나자 흑수가 말리려고 할 때였다.

"모두 오늘은 힘들었을 테니 쉬고 있거라. 나와 소협 둘이서 가겠다."

"……!"

일어나다 말고 다들 정지했다. 백화령의 입에서 쉬고 있으라는 말이 나올 줄은 꿈에도 몰랐기 때문이다.

'이제 융통성이 좀 보이시네.'

흑수의 얼굴에도 만족스러운 미소가 나타났다.

제2장
불청객

흑수는 부엌에 있던 청경채와 고구마들을 모두 수레에 실었다. 손으로 들고 가기에는 너무 많은 탓이다. 흑수는 이웃집을 찾으며 고구마와 청경채를 나눠 주었다. 그가 오자 다들 반갑게 맞아 주었다.

"어이쿠, 우리 명장께서 드디어 오셨구먼?"

언덕 집의 장휘는 구포현에서 가장 큰 제재소를 운영하는 사람이며 흑수와 일 때문에 자주 만난다.

"하하하. 아저씨, 오랜만입니다. 여기 청경채랑 고구마 있습니다."

"많기도 해라. 잘 먹으마. 아, 내가 어제 옆집 봉씨 집에서 가지를 받았는데, 그것도 가져가. 너무 많아서 언제 다 먹을지 곤란하던 참이었거든."

"어이쿠. 주시면 저야 감사하죠."

이웃들은 그가 청경채랑 고구마를 주면 반드시 무엇인가를 주었다. 나눠 주러 왔다가 오히려 다양한 식재료들을 받은 것이다.

받은 만큼 주는 것이 이웃의 정이 아니겠는가. 흑수는 거절하지 않았다. 다양한 식재료가 있으면 그만큼 흑수도 할 수 있는 요리가 많았다.

"금의환향까지 하고 말이야. 마차도 타고 왔지?"

"제가 장원급제한 것도 아닌데 금의환향은요. 잠시 신녀문에 갔다 온 것뿐인걸요."

"그게 대단한 거지. 우리는 꿈도 꾸지 못할 일이니까. 천하의 미인들이 모여 있다는 신녀문에도 갔다 오고 말이야. 게다가 참해 보이는 색시까지 데리고 오고. 종리연 아가씨가 많이 서운하시겠어. 하하하!"

흑수가 당황해했다. 백화령은 무인이기 전에 신녀문의 소문주이다. 말을 함부로 했다가는 언제 목이 달아날지 모르는 일이다. 다행히 백화령은 신경 쓰는 기색이 아니었다. 만일 호위 무사들이 곁에 있었다면⋯⋯ 분명 참사가 벌어졌으리라.

그는 늦기 전에 그녀의 신분을 말해 주었다.

"아저씨, 이분은 신녀문의 소문주님이세요. 말을 가려서 하셔야 해요."

"어이쿠!"

그제야 화들짝 놀란 장휘. 그도 말실수를 했다는 걸 깨닫고 곧바로 허리를 숙였다.

"시, 실례했습니다."

"……."

백화령은 말이 없었다. 아무 말도 하지 않는 것을 보고 내심 불안해하고 있는 장휘였다. 속으로 정말 화내고 있는 게 아닌가 걱정되었다. 무엇보다 허리춤에 있는 검 때문에 점점 두려워졌다.

'다행히 신경 쓰는 기색은 아니시네.'

그녀와 함께 있는 시간이 많아지다 보니 어느 정도 그녀에 대해 알게 된 흑수다. 백화령은 장휘가 모르고 한 일로 크게 화내지 않았다. 어쩐지 홍조가 어린 것 같기도 하지만, 더워서 그런 거겠지 하고 생각했다.

"소문주님도 괜찮다고 하셔요."

"저, 정말이십니까?"

"물론이죠."

설사 정말 화내서 검을 빼어 들려고 했다면 흑수가 말릴 것이다. 걱정 말라는 듯 그가 미소를 짓자 그제야 안심을 하는 장휘였다. 그는 백화령에게 다시 고개를 숙이며 사과했다.

"죄송하게 됐습니다. 제가 워낙 경박하게 입을 놀리는 터라……."

백화령이 다시 작게 고개를 끄덕인다. 그녀의 고개가 끄덕여지는 걸 보고 난 후에야 안심하게 된 장휘였다.

그렇게 여러 이웃집을 돌아다닌 흑수와 백화령. 드디어 그는 마지막 집에 들를 수 있었다.

"이야, 정말 오랜만이네."

바로 소소네 집이었다. 몇 달이 됐지만 전혀 변하지 않은 대문. 흑수가 크게 소리 질렀다.

"아주머니, 안에 계세요?"

하지만 안에서 아무런 반응이 없었다. 과수원에 나갔나 생각했지만, 곧 안에서 인기척이 들려왔다.

"네, 나가요!"

아주머니의 목소리와 함께 대문으로 오는 소리가 들려왔다. 곧 대문이 열렸다.

"어라?"

"어머?"

소소네 아주머니가 나올 것이라고 예상했지만, 전혀 아

니었다. 그보다 훨씬 젊은 여성이고, 매우 낯이 익은 여인이었다. 특징이라고 한다면 머리에 나비 떨잠이 꽂혀 있다는 것이다.

"흑수 오빠?"

"소소?"

바로 소소였다. 흑수는 설마 소소가 있을 줄은 전혀 예상치 못한 터라 크게 놀랐다.

"소소야. 네가 여기 왜 있는 거야?"

"휴가 때 우리 집에 온 게 이상한 거야?"

휴가를 내고 집에 방문한 거였구나. 쉽게 납득한 흑수는 고개를 끄덕였다.

"그나저나 흑수 오빠. 분명 신녀문에 있지 않았어? 도대체 언제 온 거야?"

"오늘 왔어. 소문주님하고 함께."

"헤에~ 내가 광동성에 오게 되면 전언 넣어 달라니까 잊어버렸구나?"

그러고 보니 그랬던 적이 있었다. 집에 갈 생각에 소소는 생각지도 않았기에 깜빡하고 있었다. 소소는 그럴 줄 알았다며 혀를 내밀더니 곧 백화령과 눈이 마주쳤다.

"오랜만입니다, 소문주님."

"예, 조소소 님."

서로 포권을 쥐며 인사하는 백화령과 소소. 서로 잘 아는 사이는 아니지만, 종리연이 신녀문으로 왔을 때 같이 만난 적이 있었다. 용봉 비무 대회 때도 잠깐 얼굴도 마주쳤고 말이다.

"그런데 소문주님께서 구포현까지 어인 일로 오셨는지요?"

"소협의 일 때문에 왔습니다."

"그런가요?"

뭔가 켕기는 것이 없잖아 있지만, 설마 종리연과 같은 이유는 아닐 것이라고 생각한 소소였다.

그도 그럴 것이, 백화령의 별호는 설빙신녀. 남에게는 차갑게 대하기 때문이다. 오죽했으면 설(雪)과 빙(氷)이 함께 들어갔을까. 마음이 얼어붙은 것과 같다고 하여 붙은 이름인 것이다.

무엇보다 신녀문의 무인들은 남자를 보는 눈이 높다고 들었다. 특히 문주들이 그러했다. 혼인은 가능하지만 역대 문주들이 혼인을 하지 않은 이유 중 하나가 눈이 너무 높아서 그런 것이라고 하지 않던가.

종리연은 자신의 앞에서 무슨 이유로 흑수와 있는지 말했던 차였다.

'오빠가 미남이긴 해도, 설빙신녀쯤 되는 사람이니 신경

쓰지 않겠지!'

　백화령의 별호 때문인지 내심 안심이 되는 소소였다.

　'종리연이 없는 걸 보면…… 오지 못한 것이로군.'

　종리세가에 무슨 일이 있는지는 이미 소문으로 들어 익히 알고 있었다. 가주가 자신의 딸을 흑수와 혼인시키려고 할 정도다. 만일 그 일이 아니었다면 종리연도 분명 같이 왔을 것이다.

　"호호! 소문주님, 흑수 오빠. 안으로 들어오세요. 갑작스럽게 방문해서 마땅히 내올 건 없겠지만요."

　소소가 백화령과 흑수의 손을 잡고 집 안으로 안내했다. 흑수는 수레에서 청경채와 고구마를 꺼내 마당에 내려놓았다.

　'소소가 소문주님을 친근하게 대하네. ……종리연 아가씨와 다르게 말이야.'

　사실을 모르니 안심할 수 있는 것이다. 만일 백화령이 그를 연모하고 있다는 걸 알았더라면 이렇게 친근하게 대하지는 못했을 것이다.

　종리연과 이렇게 지냈으면 얼마나 좋을까. 서로 원수를 진 것처럼 만나면 으르렁거리고 있으니 한숨이 나왔다. 다행히 종리연이 없어서 아무 탈도 없지만 말이다.

　"흑수 왔구나."

소소네 아주머니가 뒤뜰에서 나왔다. 일을 마치고 온 지 얼마 되지 않은 듯 옷이 흙투성이가 되어 있었다. 손에 물기가 좀 남아 있는 것을 보니 방금 전까지 일을 하다가 이제 끝난 모양이었다.

"그래, 거기서 별일은 없었고?"

말하고 가지는 않았지만, 무슨 연유로 갔는지에 대해서는 소소에게 들었을 것이다. 흑수는 고개를 끄덕였다.

"네. 신녀문에서 워낙 잘해 줘서 부족함 없이 지내고 왔어요."

"다행이구나."

"아, 그리고 고구마와 청경채도 가지고 왔으니 드세요."

"그래. 고맙다. 올해는 풍작이 들어서 그런지 여기저기서 많이 주는구나. 집으로 돌아갈 때 과일을 줄 터이니 가서 먹어라."

"주시면 감사하죠."

소소네 아주머니가 호호 웃으며 백화령을 바라보았다.

"그런데 옆에 있는 분은 누구시니?"

백화령이 두 손을 모으며 소소네 아주머니에게 인사했다.

"신녀문의 백화령이라고 합니다."

"예. 반갑습니다. 소소의 어머니인 황효련이라고 합니

다."

소소네 아주머니는 백화령을 어렵게 대하지 않았다. 또한 백화령도 그녀에게 하대를 하거나 하지 않았다.

소소는 무당파의 제자. 무당파 제자의 어머니는 비록 무인이 아니라고 해도 예를 갖출 필요는 있었다.

애초에 백화령이 초면에 무시하면 무시했지, 함부로 하대하는 경우는 거의 없었다.

'그러고 보니 소소네 아주머니의 이름은 처음 들었네.'

흑수는 아주머니, 조악설은 아가, 단천수는 악설이 며느리라고 불렀으며 이웃 사람들도 '소소 엄마'라고 불렀다. 다른 이들에게 이름을 들은 적이 없었다.

"소소도 만났으니 놀다 가려무나."

"저는……."

돌아가 봐야 한다는 말을 채 꺼내기도 전에 소소가 그의 말을 가로챘다.

"맞아, 오빠. 놀다 가. 뭐…… 그래 봤자 놀 것도 없겠지만. 어차하면 예전처럼 애들 불러서 뛰어놀래?"

"이제 애도 아니고. 나야 며칠 쉴 생각이다만 다들 일하느라 바쁠걸?"

이미 아이를 낳은 녀석들도 수두룩했다. 무엇보다 흑수는 그렇게 친한 편도 아니다. 소소랑은 어느 정도 친한 편이지만, 나머지는 그다지 많이 놀았던 기억이 없었다.

같이 놀고 싶어도 정신은 성인이었던 터라 애들을 보는 것과 다를 바 없었기 때문이다. 덕분에 소소와 놀던 애들도 그를 만나면 어려워했다.

"그래도. 여차하면 우리끼리 술이라도 마시고."

어떻게 할까 짐짓 고민하는 흑수. 슬쩍 백화령의 눈치를 살피니 별로 신경 쓰는 기색이 없었다. 그래, 이왕 이렇게 만난 거 회포나 풀고 가자고 생각했다.

"좋아. 저녁 먹을 시간에 대장간으로 올래? 마침 고생한 신녀문의 호위 무사님들의 원기를 회복시켜 줄 생각이었거든."

닭들이 아주 많으니 몇 마리 더 잡아도 괜찮을 것이다. 염소젖도 부족하지 않게 마련해 줄 수 있을 것이다.

"아주머니도 오세요. 제가 사천성에서 아주 기가 막힌 술을 사 왔거든요. 천하의 명주를 무려 두 개나 사 왔어요."

"그러니? 호호호. 흑수 덕분에 오늘 입이 호강하겠구나. 소소야. 일단 흑수네 가서 좀 도와주고 있겠니? 난 하던 일을 마저 하고 가마."

"네, 어머니."

소소네 아주머니는 빙긋 웃어 보이더니 곧 부엌으로 들

어갔다. 소소가 기쁜 듯 웃더니 흑수의 팔에 팔짱을 끼었다.

"가자, 오빠."

"그래. 근데 너무 달라붙는 거 아냐?"

"뭐, 어때. 어차피 뭐라고 할 사람도 없는데."

그도 그렇긴 하지만 밖에서도 이러면 곤란하다. 무엇보다 백화령이 지그시 이를 바라보고 있으니 부담이 없잖아 있었다.

*   *   *

호위 무사들의 원기를 회복시켜 줄 겸 술과 함께 식사를 한 흑수. 소소네 아주머니는 많이 취한 듯 한쪽에 누워서 자고 있었다.

더운 날씨 탓에 잠들어도 감기에 걸리지 않겠지만 일단 이불을 덮어 드리는 흑수였다. 나중에 업어서 모셔다 드려야겠다고 생각했다.

호위 무사들은 아무리 오늘 쉰다고 하더라도 방심할 수 없는 탓에 술은 자제하는 분위기였다.

하지만 이런 날은 즐겨야 한다면서 흑수가 억지로 떠넘기는 바람에 다들 적어도 넉 잔 이상은 마셔야 했다. 덕분에 분위기도 한껏 달아오른 후, 다들 피곤한 듯 잠자리에 들었다.

백화령은 이를 보고 못마땅해하는 표정을 지었다.

주변을 정찰하고, 안전을 도모해야 할 무인들이 죄다 술기운에 잠을 자고 있으니 걱정이 되었다.

"최소한 한 명 정도는 깨어 있어야 할 텐데……."

"뭐, 어때요. 오늘은 괜찮잖아요."

"소협. 습격이란 상대가 방심할 때가 적기인 법입니다. 무엇보다 술 때문에 적이 와도 못 알아채면 어떻게 합니까."

술을 마시게 되면 제아무리 고강한 무인이라고 할지라도 오감이 둔감해질 수밖에 없었다. 그러나 오늘은 그렇게 깐깐할 필요는 없다고 생각하는 흑수였다. 누군가의 습격에 조금 둔한 감이 없잖아 있다. 워낙 평화롭게 지낸 흑수의 입장에서는 그럴 수밖에 없었다.

"뭐…… 그렇다고는 해도 오늘은 보름달이잖아요. 가장 밝은 밤에 침입하는 사람이 누가 있겠어요?"

그것도 맞는 말이다. 최대한 어두울 때, 달빛조차 들지 않는 밤 습격하는 것이 가장 적기이다. 하지만 오늘처럼 구름 한 점 끼지 않은 밤에 오는 것은 쉽게 할 수 있는 게 아니었다.

일전의 습격으로 관아에서 수상한 자들이 있는지 마을을 순찰하고 있기 때문이다.

흑수도 이미 기감을 넓혀 주변에 수상한 인물이 있는지 확인하고 있었다. 딱히 누군가가 지켜보고 있지도 않았다. 그래도 혹시 모르니 밤에 확인해 볼 생각이긴 하지만 말이다.

"그래도 다행히 연향이가 좀 일찍 잠들었으니 금방 일어날 겁니다."

지연향은 술에 상당히 약했다. 두 잔을 마시고 금방 뻗어 버리고 방에서 자고 있었다. 아무리 술에 약해도 설마 이 정도 마셨다고 숙취로 고생하지는 않을 것이다.

"그런데 소협께서는 언제 일하실 생각이신지요?"

흑수가 턱을 매만졌다.

"글쎄요. 신녀문에서 만들어 놓은 게 꽤 돼서 압박감은 느껴지지 않네요. 종리세가도 당분간은 자금이 부족할 테니 만들지 않아도 된다고 하고요. 오랜만에 농기구나 만들까 생각하고 있던 참입니다."

새로 받은 제자들을 제외하고, 종리세가에 몸을 담고 있는 무인들은 흑수가 만든 무기로 차근차근 교체를 하고 있었다. 소소가 안주를 젓가락으로 집어 먹으며 물었다.

"흑수 오빠는 아직도 종리세가에 검을 납품하고 있어?"

"응. 아마 몇 년 안으로 모든 무인들에게 내가 만든 검이 갈 거야. 그리고 다음에는 무기고에 보관되겠지."

"돈도 많이 벌었겠네?"

"아마?"

전장에 얼마나 예치되었는지는 아직 확인을 하지 않아 잘 모른다. 하지만 분명 돈이 적지는 않을 것이다.

어지간히도 싸구려가 아닌 이상 검의 가격은 금자 한 냥은 우습게 넘어 버린다. 무기란 것이 만드는 비용과 인력이 많이 들기 때문이다.

흑수쯤 되니까 혼자서 만들지, 누군가가 혼자 만들라고 하면 한 달은 족히 매달려야 할 것이다. 그렇기 때문에 무기는 비싼 가격을 하는 것이다.

"그 많은 돈은 어디에 쓰려고?"

"아직 생각은 안 해 봤지만 언젠가 쓸 일이 있겠지."

돈이란 게 있으면 좋은 법 아니겠는가. 불필요한 곳에 굳이 쓸 필요는 없었다.

필요한 곳이 있으면 그때 주저 없이 쓸 생각이었다. 그때가 과연 언제일지는 잘 모르지만 말이다.

"대장간을 넓히는 건 어때? 대장간 꽤 좁잖아."

그것도 좋을 것 같지만 흑수는 주저 없이 고개를 저었다.

"대장간은 이대로 놔둘 거야. 괜히 넓혀 봤자 쓸모도 없고, 이동 공간만 넓어지잖아."

무엇보다 단천수의 흔적이 고스란히 남아 있는 집이다. 그가 대장간을 바꾸지 않는 이유가 그것이었다.

집이 당장 무너질 것도 아니고, 무엇보다 무너질 것 같으면 보수하면 된다. 흑수는 이 대장간을 마르고 닳도록 사용할 생각이었다.

"오랜만에 농기구나 좀 만들면서 지내야지."

원래 그가 가장 자신 있게 만들 수 있는 것은 농기구이다. 검을 만들기 전에는 농기구만 만들었기 때문에 눈을 감고도 만들 수 있는 경지에 이르렀다.

"아, 흑수 오빠."

"왜?"

"오빠가 만들어 준 검의 날을 좀 갈아 줄 수 있어?"

"어렵지 않지."

검날을 갈아 주는 것쯤이야 금방 끝낼 수 있다. 소소는 방긋 웃더니 그에게 자신의 검을 내주었다. 일전에 흑수가 만들어 주었던 푸른색 검이었다. 그가 검집에서 검을 꺼내고 감탄했다.

"이야, 아주 잘 사용했다, 소소야. 이가 많이 닳았구나? 이거 톱으로 사용해도 손색이 없겠는걸?"

흑수는 기가 찬 표정으로 검을 바라보고 있었다.

한 명의 무인이 검을 이렇게 관리할 수 있나 싶었다. 소소는 불만 가득한 표정으로 그를 노려보았다.

"내가 하기 싫어서 안 했나? 할 수 없었으니까 그런 거지."

"왜 못하는데?"

"날을 갈려고 해도 안 갈리는 걸 어떻게 해. 하다 하다 안 돼서 다른 대장장이에게 부탁하니까 도저히 안 되겠다고 두 손 두 발 다 들었단 말이야."

오행진철이 너무 단단하니 어지간한 실력으로는 검날을 갈 수 없던 모양이다. 흑수는 머리를 긁적였다.

"음…… 그런 문제가 있었구나. 난 전혀 몰랐네."

"스승님이 이런 보검을 어떻게 얻었냐고 하더라. 신물에 버금간다고 칭찬하시던데?"

"그럼 어떻게 하다가 이렇게 된 거야? 어지간해서는 이가 닳기도 힘들 텐데?"

"스승님이 검기를 사용해서 막기만 하다가 이렇게 됐어. 검이 튼튼한 덕분에 이만 닳았지만."

어지간한 검이었다면 검기에 검이 베어졌을 것이다. 흑수의 검이니까 이 정도였던 것이다.

"뭐…… 그럴 수도 있겠네."

내력도 주입하지 않은 검으로 검기를 막았으니 누구나 다 놀랐을 것이다. 확실히 신물에 버금가는 검이라고 평가받을 만한 일이다. 정작 흑수는 별생각 없이 소소를 위해 만들어 준 것뿐이지만 말이다.

'이런 건 적당히 만들어야겠는걸?'

우연찮게 만들어졌다 해도 남에게 함부로 주면 안 되겠구나 하고 생각했다.

이런 걸 계속 쭉쭉 뽑아내다가 복잡한 일이 생길 것이 분명하기 때문이다.

"어쨌든 누가 만들었는지 알려달라고 한 걸 내가 우연찮게 구했다고 얼버무려 놓았어. 오빠는 유명세 타는 거 싫어하지?"

"소소가 나에 대해서 아주 잘 아네. 어이쿠, 착하다."

그가 그녀의 머리를 쓰다듬어 주었다. 소소가 뺨을 부풀렸다.

"또 나 애 취급하는 거야?"

"내가 봤을 때 넌 아직 애야."

전생의 연령까지 합하면 이미 서른은 훨씬 넘은 흑수였다. 그런 상태에서 어린 소소를 보았기 때문에 여전히 아이같이 느껴졌다.

"흥, 나이가 얼마나 차이가 난다고. 애는 무슨 애야."

그래도 싫지는 않은 듯 그의 손을 뿌리치지 않는 소소였다. 백화령은 멍하니 그 모습을 지켜보았다.

다정한 오누이 같은 모습인데 왜 화가 나려는 걸까? 백화령은 아직 모르는 감정이 많다면서 술을 삼켰다.

그렇게 떠들썩하게 대화를 나누고 있을 때였다. 대장간을 향해 오는 인기척을 느낄 수 있었다. 가장 먼저 알아챈 사람은 흑수. 백화령과 소소는 조금 후 거의 동시에 알아챘다.

"안에 계십니까!"

대문 밖에서 부르는 소리. 흑수가 고개를 갸웃거렸다. 야심한 시각인데도 불구하고 손님이 찾아온 것 같았다.

이런 시각에 오는 손님도 아주 없는 것은 아니지만 매우 드물다고 할 수 있었다.

"네, 나가요."

흑수가 자리에서 일어나며 대문으로 향했다. 백화령은 살짝 경계하는 듯 허리춤에 손이 가고 있었다. 적의가 있었다면 이렇게 대놓고 오지 않았을 텐데. 경계가 심하다고 생각한 그가 대문을 열었다.

그의 눈앞에 비단옷을 입고 능글맞게 웃고 있는 중년의 남성이 서 있었다. 무인이 아니다. 근골이나 옷 사이로 보이는 몸은 무공을 배운 티가 전혀 나지 않았다. 그의 주위로는 쟁자수(爭子手)들이 있었다.

'그렇다고 신분이 높으신 양반도 아닌 것 같고. 누구지?'

처음 보는 인물. 흑수의 궁금증이 정점에 달할 찰나, 손님이 자신을 소개했다.

"유종상단에서 온 박가라고 합니다."

"유종상단이요?"

흑수의 눈에 의아함이 감돌았다.

* * *

갑작스러운 손님의 방문. 흑수는 일단 술자리를 따로 빼놓고, 박가에게 차를 내왔다. 소소와 백화령은 손님의 갑작스러운 방문에 일단 자리를 피해 주었다. 박가가 차를 마시고는 의아함을 감추지 못했다.

"생각보다 좋은 차를 마시는군요?"

금관지 덕분에 무슨 차가 좋은지 알고 있었기 때문에 흑수는 중요한 손님이 올 때마다 차를 우려서 가지고 오고는 했다.

꽤 비싼 차라는 것을 박가도 잘 아는지 호기심 어린 표정을 숨기지 못했다.

"하나쯤은 있어야 되겠다 싶어서 고이 간직해 두고 있었습니다."

"꽤 비쌌을 터인데. 하하하! 이거 생각과 달리 좋은 대접을 받았군요."

"귀한 손님이 오면 좋은 차를 내와야 하지 않겠습니까?"

"이거…… 생각했던 것과 많이 다르시군요."

박가가 하하 웃으며 푸근한 인상을 보여 주었다. 사람의 마음을 놓게 만들 정도로 인상 좋은 사람이다. 그러나 흑수는 같이 차를 마시면서 경계를 하고 있었다.

'유종상단이 무슨 일로 날 찾아온 거지?'

다른 것이 아니라 유종상단이라는 것 때문이었다. 자신과 전혀 연관이 없던 유종상단. 왜 그쪽에서 찾아왔는지 수상쩍다는 생각이 들 수밖에 없었다.

'유종상단은 종리세가를 견제하는 세력 중 하나지 않던가?'

바로 그것이다. 종리세가를 노리는 여러 세력 중 주축이 되는 세력은 세 곳. 주천세가, 정가, 그리고 유종상단이다. 그중 하나에서 자신을 찾아왔다고 하니 경계심을 가질 수밖에 없었다.

'나에 대해 분명 알아봤을 거고.'

종리세가를 견제하기 위해서 여러 정보를 모았을 테니

흑수에 대해서도 모를 수가 없을 것이다. 그 많은 자금이 어떻게 해서 생겨났는지 조사하면 어렵지 않게 알 수 있을 테니까.

무엇보다 비밀이라고 할 수 있는 것도 아니었다. 이미 구포현 전체에 흑수가 종리세가와 계약을 체결했다는 얘기가 나돌고 있으니까.

"광동 제일의 명장이라고 해서 직접 와 봤는데, 상당히 젊으시군요. 약관이 넘은 지 얼마 되어 보이지 않는데, 맞습니까?"

"보이시는 그대로입니다."

"어린 나이에 대단하십니다."

"그저 부풀려진 소문일 뿐입니다."

"하하하! '제일'이라는 단어는 무엇이 되었든 쉽게 얻을 수 있는 것이 아니지요. 자부심을 가져도 될 일입니다."

박가는 흑수에 대한 극찬을 아끼지 않았다. 맞는 말이기도 하다. 간혹 흑수에 대해 자세히 조사하지 않고 찾아온 이들은 흑수를 보고 당황하고는 했다. 어린 나이에 거창한 별명이 붙은 덕분이다.

"그러고 보니 얼마 전까지 신녀문에 계셨다고 들었는데……. 실례가 되지 않는다면 물어봐도 되겠습니까?"

흑수는 구태여 그것을 말할 이유가 없다고 판단했다.

"일이 있어서 잠시 방문했습니다."

"그렇군요."

신녀문 내부의 일은 세간에 거의 알려지지 않는 덕분에 그 안에 있던 일은 전혀 모를 것이다. 두루뭉술하게 말했지만, 말할 의사가 없다는 걸 알고 박가도 더 이상 묻지 않았다.

과연 장사치는 대단하다고 해야 할까? 파고들 수 없다는 것을 알면 물러나는 눈치가 기가 막힐 정도였다.

박가는 틈틈이 흑수에게 말을 걸면서 그를 훑어보았다.

'인상만 보면 비실비실한 서생 같이 생겼는데 말이야.'

소매가 길고 비교적 넉넉한 옷을 입은 덕분인지 전부 볼 수는 없다. 하지만 옷 사이로 언뜻 보이는 그의 몸을 봤을 때, 근육이 만만찮다는 것은 알 수 있었다.

'나를 재 보고 있군.'

박가는 티를 내지 않고 보았다고 생각하겠지만, 흑수의 눈썰미는 속일 수 없었다. 박가가 자신을 어떻게 보았는지 모르지만 재 보고 있다는 것 하나쯤은 금방 눈치챌 수 있었다. 그것이 자꾸 보이니 당연히 경계할 수밖에 없었다.

흑수는 티를 내지 않고 일단 어떻게 나올지 기다리기로 했다.

이런 시간에 찾아온 것은 분명 이유가 있을 터였다.

'정보를 캐물어 봐야겠지만, 쉽지 않겠군.'

괜히 장사치겠는가. 어지간해서는 힘들 것이라 판단했지만 조바심을 내지 않기로 했다.

조바심을 내 봤자 본인의 밑천이 드러날 테니까. 알아내지 못한다 하더라도 상관없다.

알아내면 좋고, 못 알아내도 자신의 밑천이 드러나지 않게 하는 것도 좋을 테니까. 흑수가 찻잔을 들어 입으로 향할 때였다.

"종리세가와 계약을 체결하신 걸로 알고 있습니다."

입으로 향하던 찻잔이 멈칫했다. 이제 박가가 찾아온 목적을 말하기로 한 모양이었다. 지금까지는 서론이었다.

"예, 그렇습니다만?"

"혹시 계약 기간이 얼마나 남아 있습니까?"

"죄송합니다. 말해야 할 의무가 없군요."

계약 기간은 딱히 정해져 있는 것이 아니었다. 흑수나 종리세가나 어느 한쪽이 원하면 언제든 파기할 수 있었다.

검을 납품한다는 계약은 잠시 중단 상태다. 이미 납품도 충분히 한 터라 언제 파기해도 상관은 없었다. 그러나 그렇다고 해도 누군가에게 훌쩍 넘어가고 싶은 생각은 없었다.

국가에는 법도가 있듯 시장에는 상도라는 것이 있는 법

이다.

아무리 의무가 없다고 하더라도, 책임을 물 수 없다고 하더라도 배신할 생각은 눈곱만큼도 없었다.

'무엇보다 연합해서 종리세가를 견제한다는 것 자체가 뒤가 구리단 말이지.'

이런 곳을 과연 믿을 수 있을까? 종리세가도 알게 모르게 암투를 벌이고 있을지도 모르지만, 이렇게 대놓고 하지는 않는다.

문파의 이해관계에 대해 전혀 모른다. 하지만 한 가지 확실한 것은 그들은 한 문파를 위태롭게 만들고 있다는 사실이다.

"발명품 개발에 대한 지원금도 적극 지원하겠습니다. 종리세가에서 발생하는 위약금은 저희가 대 주도록 하겠습니다. 명장님께서는 몸만 와 주십시오. 종리세가보다 훨씬 좋은 대우를 약속드리겠습니다. 상황에 따라서는 성도의 도심에 대장간 자리를 내드릴 의향이 있습니다."

다른 대장장이들이었다면 여기서 흔들렸을지도 모른다. 이런 촌구석이 아닌 성도에 대장간을 차릴 수 있게 해 준다고 하니 누구라도 놀라 뒤로 자빠질 것이다. 이곳이 워낙 외진 곳이다 보니 어지간한 갑부가 아닌 이상 성도에 가는 것은 거의 꿈도 꾸지 못한다.

유동 인구가 많고, 무인들도 자주 오가니 장사는 당연히 잘될 것이다. 지금의 배로 불릴 수 있을 것이다.

'하지만 그게 어때서?'

이곳에서도 충분히 먹고 살 수 있다. 또한 도심 한가운데에 대장간을 차리면 좋아할 사람이 누가 있겠는가. 매일같이 소음이 날 텐데 말이다. 주변 사람들에게 폐를 끼치는 것밖에 되지 않는다.

'애초에 갈 생각도 전혀 없지만.'

단천수가 물려준 대장간이다. 거기다 마을 사람들도 좋고, 정이 들었다. 그러니 이곳을 떠나고 싶지 않았다. 딴에는 이것저것 퍼 주겠다고 말하고 있지만, 그것도 상대가 혹해야 하는 법이다.

"죄송합니다. 그건 불가능하겠군요."

"어째서죠?"

"굳이 성도로 갈 이유가 없습니다. 저는 이곳으로 만족합니다. 먹고 사는 것도 지장이 없고요. 무엇보다……."

그가 찻잔을 내려놓으며 불편한 심기를 숨기지 않았다.

"장사로 먹고사는 상단에서 상도를 어기라고 말하는 것 자체가 뒤가 구려서 말입니다."

유종상단. 애초에 흑수는 처음 들어 본 곳이다. 관심이 아예 없는 흑수도 해경상단을 안다. 하지만 유종상단은 지나가다가 들어 본 적 자체가 없었다. 모르는 곳인 데다 뒤에서 자신을 조종하려고 하는 것이 너무 구렸다. 노린내가 날 정도다. 마음 같아서는 대문 밖으로 엉덩이를 차서 내쫓고 싶은 심정이다.

"말이 심하시군요."

박가가 인상을 찌푸리며 그를 노려보았다. 하지만 흑수는 그의 시선을 피하지 않았다. 뭐가 무서워서 피하겠는가.

오히려 다시는 대장간에 오지 않았으면 하는 마음이 컸다.

"더 심한 말을 하기 전에 이만 돌아가시는 게 좋을 듯싶습니다만? 자리가 없어서 재워 드리지는 못합니다."

"이런 누추한 곳에 오래 머물 생각은 없으니 걱정하지 마시지요. 차는 잘 마셨습니다. 변변찮았지만요."

서로 존댓말을 하면서 할 말을 하는 둘. 박가가 먼저 자리에서 일어나며 대문으로 향했다. 그리고 대문이 닫히기 전, 박가가 다시 그를 돌아보았다.

"나중에 후회하시게 될 겁니다."

"예, 꼭 제가 후회하도록 해 주세요."

한마디도 지지 않고 손을 휘휘 젓는 흑수. 그리고 그가 말하기도 전에 대문을 쾅 닫아 버렸다. 더 보기 싫다는 의지였다.

"뭐 저런 사람이 다 있어?"

흑수는 황당한 표정을 숨기지 않았다. 종리세가를 버리고 자신에게 붙으라고 대놓고 말하다니. 어이가 없어서 표정 관리를 하는 것도 힘들 정도였다.

"유종상단이 오빠 포섭하려고 하네?"

잠시 자리를 피했던 소소가 나오며 말했다. 자리를 피한다고 해 봤자 대장간은 그렇게 넓은 곳이 아니다. 무엇보다 조용히 말한 것도 아니었다. 방 안에 있어도 하는 말이 다 들렸을 것이다.

"그러게."

"흑수 오빠 대단하네. 상단에서 사람이 와서 포섭도 하려고 하고 말이야."

소소가 대단하다며 치켜세워 줬지만, 흑수는 어깨를 으쓱일 뿐이다.

"귀찮은 건 질색이야. 무엇보다 상도를 어기라고 하는 놈들은 더더욱 믿을 수 없고 말이야."

흑수의 경우 다른 대장간들을 배려하며 일정치 이상 만들지 않는다. 무기의 경우도 종리세가에 납품하는 것 말고는 만들지 않았다.

나름대로 상도를 지키려고 하는 것이지만, 그들은 그것

을 어기라고 말하고 있다. 남에게 폐를 끼치는 걸 극도로 싫어하는 흑수다. 대놓고 그렇게 말하니 기분이 나쁠 수밖에 없었다.

상대는 얻은 것이 하나도 없다. 있다고 하면 흑수가 종리세가의 편이라는 것 정도? 하지만 흑수가 얻은 정보는 생각보다 큰 것이었다.

'이제 슬슬 본격적으로 견제를 시작하려고 하는 것 같군.'

상당히 중요한 정보다. 종리세가에서는 이미 어느 정도 수비를 하고 있을 것이다. 그러나 상대가 본격적으로 시작할 시기를 아는 것도 중요했다.

*　　　*　　　*

박가는 대장간을 나오면서 씩씩거리고 있었다.

"한낱 대장장이 주제에 우리의 제안을 거절하다니. 띄워주니 자기가 정말 대단한 사람이라도 되는 줄 알고 있군."

아무리 생각해도 열 받았다. 좋게 말하니 아주 기고만장해서는 이렇게 박대하다니. 살면서 자신을 이토록 박대한 사람은 흑수가 처음이었다. 같은 장사치도 아니고, 대장장이에게 말이다.

"제 목숨 아까운 줄 모르는군. 정말 후회하도록 만들어 주지. 그렇게 애착이 깊은 대장간과 함께 사라져라."

박가의 눈이 번들거렸다.

제3장
광동성에 부는 바람

스윽—

　어둠이 짙게 내려앉은 야심한 밤. 한 검은 그림자들이 풀숲에서 나와 기척을 완전히 죽이며 이동한다.

　달빛이 구름에 가려져 몸을 숨기기에 딱 좋은 날이다. 기척을 완전히 죽인 채 빠르게 이동하던 복면인이 급히 몸을 숨겼다.

　근처에서 불빛과 함께 인기척을 느낀 까닭이다. 다시 한 번 풀숲에 완전히 몸을 숨긴 복면인들은 주위를 경계했다.

　횃불에 의지한 채 순찰을 돌고 있는 관군들이 보였다. 산적들이 습격한 이후로 구포현의 마을 곳곳에 관군들이 순찰하고 다니는 것이다. 복면인 중 한 명이 품에서 비도를 꺼내더니 그들이 근처에 다다랐을 때 재빨리 날렸다.

"윽!"

"크윽!"

순찰을 돌던 무인 두 명이 순식간에 쓰러진다. 한 복면인이 손짓을 하자 주위를 경계하던 복면인 두 명이 나와서 그들을 끌고 풀숲에 숨겼다. 그리고 즉시 횃불을 꺼 버렸다. 나머지는 주변을 살펴보다가 다시 재빨리 자리를 이동했다.

그들이 향한 곳은 언덕 위에 위치한 건물이었다. 그들은 담벼락에 등을 기대며 다시 주위를 살펴보았다. 어떤 기척도 느껴지지 않자 그들이 빠르고 가뿐하게 담을 뛰어올랐다. 안으로 진입하는 것은 순식간이었다.

옷자락이 스치는 소리조차 나지 않게 신중히 이동하는 복면인들. 그중 가장 잠입 능력이 뛰어난 복면인이 문을 열었다.

그곳에는 한 남성이 이불을 쓴 채 잠을 자고 있었다. 그들이 노리는 목표물이었다. 거기다 얼마나 술을 많이 마셨는지, 술 냄새가 복면 틈 사이로 새어 들어올 정도였다. 그들에게 있어서 절호의 기회나 다름이 없었다.

대장장이가 무공을 배웠다고 하기에 조금 조심스러웠는

데, 잘됐다.

새근새근—

조용한 숨소리를 내는 목표물. 숨소리가 고른 것을 보면 확실하게 잠을 자고 있었다. 복면인이 품에서 얇은 단검을 꺼내며 힘차게 목을 찔렀다.

깡!

그리고 쇠와 부딪치는 소리와 함께 복면인이 들고 있던 단검이 막혔다.

"흡?!"

소리를 낸 것은 목표물이었다. 복면인이 재차 단검을 휘두르려고 했지만, 목표물의 움직임이 더 빨랐다. 목표물은 복면인의 머리를 잡아채더니 무릎으로 얼굴을 찍었다.

퍼억!

시원한 타격음과 함께 복면인의 몸이 크게 뒤로 젖혀졌다. 그는 재빨리 녀석의 멱살을 잡아당기며 주먹으로 있는 힘껏 명치를 가격했다.

그의 공격으로 복면인이 단말마와 함께 유명을 달리했다.

"뭐야, 이것들?"

목표물이 알아들을 수 없는 언어로 말하며 손을 털더니 인상을 확 찌푸렸다. 수면을 하고 있다가 기습을 당한 것보다 일어나자마자 사람을 죽였으니 그럴 만도 했다. 목표물은 그들과 같이 검은색 옷을 입고 있었다.

차이점이라면 소리를 최소화하기 위해 꽉 끼는 옷을 입고 있는 복면인과 다르게 통풍이 잘되는 옷을 입고 있다는 것뿐이다.

목표물은 주위를 둘러보며 물었다.

"너희들 누구냐?"

"……."

이번에는 복면인들도 확실히 알아들을 수 있는 말을 했다. 하지만 그들은 대답하지 않았다. 그는 그럴 줄 알았다는 듯 자세를 잡더니 손가락을 까딱였다.

"너희들이 누군지는 모르지만 상대를 골라도 한참 잘못골랐다. 덤벼."

그가 도발을 하고, 복면인들이 단검을 버리고 허리춤에 차고 있던 검을 꺼내 들며 달려들었다.

*　　　*　　　*

우당탕!

검은 옷을 입고 있던 복면인 두 명이 마당까지 날아갔다. 흑수는 양손에 또 다른 복면인의 멱살을 잡은 채 방 밖으로 나왔다. 흑수의 손에는 복면인에게서 탈취한 검이 들려 있었다.

"여기가 어디라고 함부로 쳐들어와?"

흑수는 복면인을 냅다 던져 두고 나머지 복면인을 향해 신형을 날렸다. 복면인들은 검을 휘둘렀지만 그는 검을 살짝 비틀어 막았다. 복면인의 검이 그가 의도한 대로 엉뚱한 곳으로 흘려 보내진다.

흑수는 검을 고쳐 잡고 곧바로 복면인을 향해 검을 찔렀다.

퍽!

정확히 심장을 꿰뚫은 그의 검. 복면인이 괴로운 표정을 짓고 있었지만 소리는 일절 내지 않았다. 흑수가 검을 뽑자 복면인의 신형이 무너졌다.

후웅―!

바람을 가르는 소리가 지척까지 들려온다. 인기척을 죽이고 휘두른 검이다. 분명한 절체절명의 위기. 하지만 그는 팔을 들어 올리며 복면인의 검을 막았다.

까앙!

"……?!"

복면인이 크게 당황했다. 맨살에 검이 튕겨져 나갔다. 분명 아무런 보호구도 착용한 상태가 아니었다. 그런데 어떻게 검이 튕겨져 나간단 말인가!

'거, 검이?!'

복면인의 생각을 아는지 모르는지, 흑수는 복면인의 공격을 받은 후, 곧바로 정권을 날렸다. 그의 정권을 맞은 복면인은 데굴데굴 구르며 담벼락과 부딪쳤다.

순식간에 셋이나 해치운 흑수.

이제 남은 것은 단 한 명이었다.

콰광!

백화령과 호위 무사들이 잠들어 있던 방문이 크게 열리며 그들이 튀어나왔다. 갑작스러운 소란에 잠에서 깬 것이다.

다수의 인원에 놀란 복면인이 허둥지둥거리고 있었다. 퇴로는 없다. 흑수는 녀석을 살폈다.

'……뭐야, 마교 놈은 아닌 것 같은데?'

그것을 느낀 것은 흑수만이 아니었다. 백화령도 그와 같은 생각을 하고 있었다. 녀석에게서는 마교도 특유의 마기가 느껴지지 않았다.

마교에서 보낸 살수라면 마공 때문에 금방 들키게 되어 있다. 하지만 녀석은 마공을 익히지 않았다. 기척을 죽이는 것만 수련한 것 같았다.

"크윽! 움직이지 마!"

복면인이 큰 소리를 내며 뭔가를 들어 올렸다. 줄과 횃불이다. 흑수의 시선이 줄을 따라 이동하고, 곧 그것이 자신의 대장간 전체에 연결되어 있다는 걸 깨달았다.

"……화약?"

연결된 곳에는 화약통과 함께 기름통이 있었다. 녀석이 들고 있는 긴 줄은 분명 심지일 것이다. 불이 붙으면 어떻게 될지 뻔하다.

"움직이면 다 죽는 거야!"

확실히 위협적이다. 녀석에게 있어서 칼에 맞아 죽나, 자폭하나 매한가지일 것이다. 그러나 흑수는 물론이고 신녀문에서도 물러나지 않았다. 녀석은 당장이라도 불을 붙일 듯 위협했지만, 마찬가지다. 아무도 물러나지 않았다.

"살수치고는 어딘가 좀 부족한데요?"

"보아하니 마교에서 보낸 것 같지도 않습니다, 소협. 혹 다른 곳과 원수진 것이 있으신지요?"

흑수는 아무리 생각해도 떠오르는 게 없어서 고개를 저었다.

"이놈들아! 이거 안 보여? 다 죽는 거라고! 한번 해 볼까?!"

녀석이 협박을 하기 시작했지만, 흑수는 조롱하듯 웃을 뿐이다.

"멍청한 놈."

흑수가 비웃듯 검으로 심지를 중간에 잘라 버렸다. 녀석의 표정이 순식간에 굳어졌다. 녀석이 들고 있는 심지가 힘없이 바람에 휘날리기 시작했다.

"그렇게 길게 연결된 줄로 어떻게 위협하겠다고. 멍청한 것도 정도가 있지."

어딘가 나사가 빠져 있는 행동에 흑수의 표정이 황당함으로 물들어 있었다. 호위 무사들도 마찬가지인 듯 황당함을 감추지 못했다. 무엇보다 녀석은 이제 위협할 것이 사라졌다. 호위 무사들이 녀석을 향해 검을 겨누며 다가갔다.

일단 점혈을 해 놓고 정보를 캘 생각이다. 신녀문의 무인들이 근처까지 다가왔을 때였다.

"걸렸다, 이 녀석들!"

갑작스러운 수상쩍은 움직임에 신녀문의 무인들이 화들짝 놀라며 녀석을 베어 냈다. 하지만 이미 늦었다. 녀석의 손에서 뭔가가 떠나 흑수를 향해 날아가고 있었기 때문이다. 상대를 방심하게 해 놓고 공격한 것이다.

"소협!"

백화령이 소리쳤지만, 흑수의 움직임이 훨씬 빨랐다. 이미 그는 밤눈이 밝아 녀석이 하려는 것을 파악한 상황이다. 날아오는 것을 전부 잡아채 버렸다.

녀석은 흑수가 다 잡아채는 걸 보고 원통스러운 표정으로 명을 달리했다.

흑수는 녀석이 던진 것을 확인했다.

"……이게 뭐지?"

침이었다. 그러나 신녀문의 것과 다른 침이었다. 이와 비슷한 대의침(大醫針)이 있는데, 그것보다 두꺼우면서도 한 마디 정도 더 길었다. 이 정도면 충분히 사람을 죽일 수도 있었다.

"날린 곳을 보니…… 명백히 날 죽이려고 한 거였군."

침은 분명히 자신의 이마와 심장 그리고 명치를 향해 날아들고 있었다.

정확히 급소만 노린 것이었다.

다행이라고 해야 할까? 만일 오행기공을 익히지 않았으면 처음 복면인들의 공격에 죽음을 면치 못했을 것이리라. 평소 같았으면 금방 알아챘겠지만, 술이 이렇게나 무서웠다.

오행기공을 익히면서 오행진기 중 하나인 금기가 그의 신체에 크게 영향을 미친 덕분에 몸이 단단해졌다.

검기로 그의 몸을 찌르지 않는 이상 그의 몸에 생채기를 내기 힘들었다.

"이놈들은 뭘까요? 마교에서 보낸 걸까요?"

흑수가 쓰러져 있는 살수들을 바라보았다. 아무리 봐도 제대로 된 무공을 익힌 것 같지도 않았다.

"마교였으면 저도 동시에 노렸을 겁니다, 소협. 하지만 녀석들의 목적은 누가 봐도……."

"절 죽이는 것에만 혈안이 되어 있었죠."

백화령이 고개를 끄덕였다. 흑수는 엄청나게 켕기는 표정으로 살수들을 바라보았다. 복면을 벗겨도 딱히 짚이는 사람들은 없었다.

자신에게 원한을 가질 만한 사람이 누가 있을까. 생각해 봐도 딱히 없어 궁금증은 더욱 증폭될 뿐이었다.

*   *   *

이틀 후, 종리세가. 금관지가 종리추의 집무실로 찾아왔다.

"가주님. 흑수가 서찰을 보내왔습니다."

"흑수가?"

종리추는 금관지에게서 흑수의 서찰을 받아 들었다. 흑수가 종리추에게 서찰을 보내는 것은 상당히 이례적인 일이기는 했다. 그가 서찰을 받아 들고 천천히 글을 읽어 나갔다.

"흠……?"

그의 서찰을 읽어 본 종리추는 상당히 의외라는 표정이었다.

"우리를 견제하던 세력들이 움직이려고 한다고 하더군."

"……그걸 흑수가 보냈습니까?"

"유종상단에서 자신을 찾아와서 포섭하려고 했다더군. 슬슬 움직이려고 하는 조짐 같으니 조심하라는 내용이야. 그리고……."

뒷내용을 보고 종리추가 인상을 찌푸렸다.

"누군가가 자신을 죽이려고 살수를 보냈다고 하는군."

금관지는 살짝 의심스러운 표정을 감추지 못했다. 원한 관계가 없는 흑수에게 누가 살수를 보내겠는가. 게다가 대장간 안에는 신녀문의 무인들도 함께 있었다.

"정말 그걸 흑수가 보낸 겁니까?"

"금 장로. 왜 그러나?"

"조금 의심스러워서 그럽니다. 혹시 다른 문파에서 혼란을 주려고 하는 것이 아닐까 생각하고 있습니다."

"듣고 보니 금 장로의 말도 틀린 말은 아니로군."

혼란스럽게 만들어 교란하는 것은 전장에서 흔히 사용하

는 방법이다.

상대가 적절한 시기를 가늠하지 못하게 만들어 방심을 유도한 후에, 그 틈을 파고드는 것이다. 이것은 꼭 전장에서만 사용되는 것이 아니다.

이런 중요한 시기에 적절한 시기를 놓치게 되면 큰 피해를 입고 시작하게 될지도 몰랐다. 무릇 싸움이란 것은 무엇이 되었든 기선 제압이 중요한 법이다.

"자네가 보기엔 어떤가?"

"아가씨에게 물어보면 되지 않겠습니까?"

"아, 그러면 되겠군!"

참으로 간단했다. 오랫동안 흑수와 같이 있던 종리연이라면 그의 필체를 쉽게 알 수 있을 테니까.

"아버지, 저 왔어요. 들어가도 될까요?"

때마침 집무실 밖에서 종리연의 목소리가 들려왔다.

"호랑이도 제 말 하면 온다더니. 그래, 어서 들어오너라."

종리추의 허락이 떨어지자, 종리연이 문을 열고 들어왔다.

"그래, 연아. 무슨 일로 왔느냐?"

종리연이 갑작스럽게 찾아왔다는 건 분명 용건이 있다는 뜻이었다.

"사흘 전부터 유종상단과 주천세가에서 은밀히 움직이고 있는 것이 목격되었다고 해요. 정가에서는 아직 제대로 된 움직임이 포착되지 않았지만, 전체적으로 견제하려는 움직임을 보이고 있어요."

"그래?"

흑수가 보내온 서찰과 어느 정도 시기가 적절히 맞아떨어졌다. 그러나 아직 확신할 수 있는 상태가 아니었다. 매우 중요한 정보지만 사실인지 확인 유무가 필수였다.

"연아. 흑수가 서찰을 보내왔는데, 혹 흑수의 필체가 맞는지 확인할 수 있겠느냐?"

어렵지 않다는 듯 고개를 끄덕이는 종리연. 그녀는 흑수가 보내온 서찰을 읽으며 필체도 같이 확인했다.

유종상단에서 자신을 포섭하려고 했다는 내용과 살수가 왔었다는 내용에 울컥했지만, 곧 진정했다.

흑수 정도의 실력자면 어지간한 살수들은 손도 못 써 보고 당할 것이기 때문이다.

세나가 그 안에는 백화령과 무인들도 있지 않던가. 어지간한 살수들로는 그에게 작은 상처 하나 입히기도 힘들 것이다.

"흑수 님의 필체가 맞아요."

"혹 그것을 증명할 방법은 있느냐?"

종리연은 고개를 끄덕이며 서찰의 왼쪽 끝을 향해 손가락을 가리켰다.

"여기 보이시는 서명이 있죠? 이거면 충분해요. 이건 흑수 님만 쓰는 단어거든요."

'黑手'라고 쓰여 있는 그 뒤에 이상한 문자들이 쓰여 있었다. 전혀 알아보지 못할 글자다. 분명 특징이 있는 것을 보면 아무렇게나 휘갈긴 것이 아니었다.

"……뭐라고 쓰여 있는 것이냐?"

"하나는 조선어고, 다른 하나는 색목인의 문자라고 해요."

"음? 색목인의 문자라고?"

종리추는 의아함을 감추지 못했다. 설마 색목인의 문자를 썼을 줄은 몰랐기 때문이다. 금관지도 신기하다는 듯 색목인의 글자를 바라보고 있었다.

"조선어와 색목인의 글자로 자신의 이름을 쓴 거라고 해요. 색목인의 말로…… 블락 해도? 어쨌든 그렇게 말했던 것 같아요."

한글의 '흑수'와 영어의 블랙 핸드(Black hand). 그것이 흑수의 서명이다.

"색목인의 말과 글을 어쩌다가 알게 됐다고 하더냐?"

"듣기로는 어릴 적에 거지 생활을 하다가 색목인에게 도움을 받으면서 말과 글자를 배웠다고 하던데요?"

조선에서 건너왔다는 말은 들었지만, 색목인의 말과 글을 알고 있다는 것을 처음 들은 종리추였다. 알면 알수록 신기한 녀석이라고 생각했다.

"참 박학다식한 녀석이로군. 색목인의 말과 글을 아는 것은 쉬운 일이 아닐 텐데."

나라 자체에서도 색목인의 말을 아는 사람도 손에 꼽을 정도였다.

그 말은 흑수는 나라에 있어서 매우 귀한 인재라는 소리였다.

아무리 외교에 뛰어난 사람이라고 해도 말이 통하지 않으면 소용이 없다.

나라에서 이 사실을 알면 당장 그를 데리고 가려고 할 것이 분명했다. 뜻이 있든 없든 말이다.

"흑수 님이 머리가 좋기는 하죠."

무엇보다 점혈과 타혈에 대해 공부했을 때도 얼마나 머리가 좋은지 확실하게 알 수 있었다.

일단 이해보다는 무작정 외우는 것에 집중했던 흑수다. 외우고 나서 이해하는 건 그렇게 어려운 일이 아니라고 했다.

단순무식해 보이지만, 확실히 효과가 있는 방법이기도

했다.

천자문을 배울 때도 일단 하늘 천, 땅 지, 검을 현 등등 이런 식으로 노래하며 외우지 않던가. 그런 것과 같은 이치라고 생각하면 편했다.

"어쨌든 흑수가 보낸 서찰이 확실하다는 얘기로군."

"예."

"흑수가 이런 정보를 다 주고. 고마운 일이군."

무엇보다 이 서찰을 통해 흑수가 다른 곳으로는 넘어가지 않는다는 확신을 가질 수 있었다.

현재 시점에서 가장 중요한 것은 흑수가 다른 곳으로 넘어가느냐, 마느냐다.

안 넘어갈 것이라는 생각은 했지만, 사람 일은 한 치 앞도 모르는 법이다.

이런 상황에서 흑수가 다른 곳으로 넘어가게 되면 어쩌나 내심 마음을 졸이고 있었다.

확실하게 다른 곳으로 갈 의향이 없다는 것에 안도감이 드는 종리추였다.

"금 장로."

"예, 가주님."

"우리도 만반의 대비를 하도록 하지. 최악의 상황까지 고려해서 말이야."

최악의 상황까지 가지 않는 것이 가장 현명한 방법이지만, 종리추는 현재의 상황에 모든 것을 걸기로 했다. 종리세가의 존망이 걸린 문제다. 금관지도 비장한 표정으로 크게 대답했다.

"예!"

*　　　　*　　　　*

살수들의 시체를 처리하고, 흑수는 때아닌 대청소를 실시해야 했다.

살수들의 피가 대장간 곳곳에 퍼져 전부 닦아 내야 했기 때문이다. 피는 흑수의 방, 담벼락, 마당 그리고 이불에도 묻어 있었다.

다행히 이불은 빨래를 하면 금방 사라지겠지만, 그래도 대장간을 잠시 닫아야 했다.

손님들이 오는데 대장간에 있는 피를 보이면 좋지 않기 때문이다. 다행히 소소네 아주머니는 소소가 업어서 데려갔다.

소소는 익숙할지라도, 강호와 연관이 없는 소소네 어머니에게는 충격적인 광경이다.

"마교에서 특별한 움직임은 없었다고 합니다."

백화령은 신녀문에서 가지고 온 전서구로 하여금 간밤에 있던 일을 알렸다. 그러면서 마교에서 보낸 자들인지 확인을 해 보았다. 역시 예상한 대로 마교는 아니었다.

"그렇다면 다른 곳에서 보냈다는 소리겠군요."

마교에서 보낸 것은 아니라고 생각하긴 했지만, 오히려 더 복잡해졌다. 아는 것보다 모르는 것이 더 두려운 법이다.

상대를 알 수 없다는 것은 그에 대비하는 게 늦어진다는 뜻이기 때문이다.

"소협. 혹 소협께 원한을 가진 자가 있는지요?"

흑수는 고개를 저었다.

"있다고 하면 하북팽가의 관우진입니다만……."

그나마 마음에 걸리는 사람이라고 하면 그쪽이었다. 하지만 그는 이미 하북팽가의 사람이 아니다. 이미 하북팽가에서는 그를 파문시켰기 때문이다.

그가 들이닥쳤다면 모를까, 뒤를 봐줄 사람도 없는데 누군가를 보내기는 힘들 것이라 판단했다.

"더더욱 알 수 없군요."

"일단 종리세가에도 이 사실을 서찰에 적어 보냈습니다. 종리세가에서도 다방면으로 조사해 보겠지만 알아내기에 시일이 좀 걸리겠죠."

살수들은 이미 명을 달리한 상황. 이럴 줄 알았으면 한 놈을 제압해서 뒤를 캐볼 걸 그랬다고 생각했다. 종리세가에서 알아봐 줄 것이라 믿고 있지만 지금 상황에서 정보를 집중할 수 있을까 싶기도 했다.

정보를 집중하면 몰라도, 유종상단에서 움직인 이상 그들의 시선이 여러 곳으로 분산될 수밖에 없다. 처음에 살수들이 보이기에 마교에서 보낸 줄 알고 일단 죽이고 봤던 것이 화근이었다.

"그나저나 이제 저도 살인에 대해 무감각하군요."

흑수는 자신의 손을 바라보았다. 첫 살인은 산적들이 마을에 쳐들어왔을 때다.

한 번 살인을 한 후부터는 망설임이 없었다. 또한 트라우마도 심하다고 할 수 없었다.

살인을 경험하면 평생 시달리는 사람도 있다고 하는데, 흑수는 금방 잊었다.

상황상 어쩔 수 없었고, 사람을 죽이던 산적이었다고 해도 믿기지 않을 정도로 강심장이었다.

대련이 아닌 이상, 주먹이나 검을 휘두름에 있어 상대를 확실히 죽일 수 있는 곳으로 휘두르는 자신이 놀라웠다.

"뭐든 익숙해지면 그런 법입니다, 소협."

강호에서 오랫동안 몸을 담은 덕분인지 백화령은 그러려

니 하고 있는 반면, 흑수는 이런 자신에 대해 약간의 회의
감을 가지고 있었다.

사람의 생명을 아무렇지 않게 해하는 것에 익숙해져서
좋을 것도 없는데 말이다.

"그러고 보니 소협의 첫 살인은 언제이셨는지요?"

"그렇게 오래되지 않았습니다. 이제 일 년 정도 지났을
까요?"

그때와 같은 상황이라면 분명 어쩔 수 없이 살인을 해야
했다.

지금도 마찬가지다. 산적이든 왜구든 마을을 습격한다
면 흑수도 가만히 있지 않을 것이다.

"정말 오래되지 않았군요. 그 당시의 기분은 어떠셨습니
까?"

백화령이 고개를 끄덕였다. 딱히 좋은 일의 질문이 아닌
터라 흑수는 백화령에게 언제 첫 살인을 했냐고 묻지 않을
생각이지만, 그녀는 계속 물었다.

일단 물었으니 대답해 주기로 했다. 그녀가 질문을 많이
하는 성격도 아니니 말이다.

"유쾌한 기분은 아니었습니다. 지금도 마찬가지지만 그
때보다 무덤덤하네요."

이런 거에 익숙해지기 싫던 흑수다. 단천수에게 무공

을 배우지 않았더라면 분명 이런 경험도 없었을 텐데. 괜히 무공을 배웠나 하는 생각이 들 때가 가끔 있었다.

흑수는 회의감을 느끼면서 피 묻은 이불을 방망이로 퍽퍽 때리기 시작했다.

*　　*　　*

유종상단의 박가는 간밤에 구포현 대장간에서 있었던 소식을 자신의 부하인 장백추에게서 들을 수 있었다.

"전멸? 방금 전멸이라고 했느냐?"

"예. 한 명도 살아남지 못하고 전부 죽었다고 합니다."

"이런 말도 안 되는!"

박가가 상을 주먹으로 힘껏 내리쳤다. 큰 소리가 울려 퍼지자, 장백추의 어깨가 움찔거렸다.

박가는 불편한 심기를 숨기지 못했다. 이번에 대장간에 살수를 보낸 사람은 다름이 아닌 박가였다.

종리세가를 부유하게 만드는 것이 흑수 덕분이라는 걸 알았기 때문이다.

그를 처리하면 지금의 재정 상태로 고정이 되고, 더 커지지 못할 것이라 판단했던 것이다.

그들의 목적은 종리세가가 더 이상 세력이 커지지 못하

도록 막는 것.

그렇기 때문에 흑수를 포섭하려고 했지만 실패하고 자신을 막 대하니 보복 차원으로 살수를 보낸 것이다.

"그래서 대장간은? 대장간은 어떻게 됐다고 하지?"

자신을 모욕한 대가로 대장간이라도 불태울 생각이었던 박가.

"저기 그것이……."

하지만 장백추는 기어가는 목소리였다. 박가의 눈썹이 씰룩거렸다.

심기가 안 그래도 좋지 않은데 말까지 흐리니 점점 화가 치밀어 오르는 까닭이다.

장백추는 지금까지의 경험으로 봤을 때 지금 빨리 대답하지 않으면 얻어맞는다는 것을 알고 바로 대답했다.

"대장간도 멀쩡하다고 합니다."

"심지어 대장간도 무사해? 도대체 일 처리를 어떻게 하는 거야! 머리가 그 정도밖에 안 돌아가? 앙?!"

박가가 벼루를 짚으며 그에게 던졌다.

다행히 그의 옆을 스쳐 지나가 맞지 않아 다치는 일은 없었다.

"그따위로 일할 거면 당장 일 때려치워!"

장백추도 그에게 하고 싶은 말이 있었다.

'그럼 네가 직접 나서든가, 개새끼야!'

명령한 대로 처리했더니 자신에게 화를 돌린다. 무엇보다 살수들이 실패한 것 가지고 자신에게 뭐라고 하다니.

상관이라 때릴 수도 없고. 답답한 마음에 속으로 욕하는 장백추였다.

'더러워서 이 일을 때려치우든가 해야지!'

자신이 한 일로 욕을 먹으면 할 말이 없지만, 자신이 한 일도 아닌 걸로 욕을 먹으니 기분이 나쁜 장백추였다.

박가 이놈이 어떻게 이 위치에 앉게 되었는지 여전히 의문이었다.

듣기로는 굉장히 유능한 인재여서 상단주가 직접 거뒀다고 들었는데, 지금 하는 짓을 보면 그리 유능한 것 같지도 않았다.

"지부장. 지부장 안에 있습니까?"

박가를 부르는 여인의 목소리에 박가가 벌떡 일어나더니 장백추에게 눈짓으로 바닥에 떨어져 있는 벼루를 가리켰다.

장백추는 서둘러 벼루를 숨기고, 곧 여인이 들어왔다. 관능미가 넘치는 여인은 가슴을 강조하듯 팔을 끌어안고 있었다.

설용미. 유종상단의 안주인이다.

"예까지 어인 일이십니까, 안주인님."

자신보다 높은 사람이 오면 간사하게 웃으며 허리를 숙이는 장백추. 박가의 태세 변환이 참으로 빠르다고 생각했다.

'방금 전까지 나에게는 벼루까지 던지고 악담도 서슴없이 했으면서. 개새끼.'

끝까지 속으로 욕하는 걸 멈추지 않는 장백추였다. 방금 전 화를 냈던 사람이 맞나 싶을 정도였다.

설용미는 상단주의 첩이지만, 현재 유종상단을 이끌고 있는 주인이나 다름없었다.

정부인은 몇 달 전 불의의 사고로 세상을 떠났으며 그 이후로 상단주가 시름시름 앓고 있어 상단을 돌보지 못하는 까닭이다.

유종상단의 주인은 현재 위독한 상태이기 때문에 그녀가 대신해서 상단을 이끌고 있는 것이다.

그녀는 표독스러운 웃음을 흘린 채 색기를 흘리고 있었다. 제아무리 절제하는 남성이라도 넘어갈 만큼 상당한 미인이다.

"주천세가와 정가에서 견제를 시작했다고 들었어요. 우리도 시작해야 하지 않나요?"

"그 건은 걱정하지 마십시오, 안주인님. 현재 제가 주도

해서 일을 진행하고 있습니다."

"그런가요? 지부장님은 상당히 믿음직스럽군요."

설용미가 호호 웃어 보이자, 박가도 따라 웃었다.

"지부장님만 믿고 있겠습니다. 지부장님의 수완은 이미 인정하는 바이니까요."

"안주인님께서 미천한 실력을 높게 평가해 주시니 몸 둘 바 모르겠습니다."

"……."

남이 보면 겸손하다고 생각할지 모르지만, 그의 행동을 곁에서 지켜본 장백추는 황당함으로 물들었다.

자신의 부하들에게는 왕년에 이랬네, 저랬네 하며 자기 자랑을 못 해서 안달이다. 익숙해질 법도 하지만 이런 것은 도저히 익숙해지지 않았다. 설용미가 고개를 크게 주억였다.

"예, 만일 이 일이 잘 해결되면 지부장님께 지부를 맡기겠습니다."

순간 놀랍다는 듯 박가의 얼굴이 환해졌다.

"예? 그렇게 하셔도 되는 겁니까?"

의문을 제기한 것은 장백추였다. 다른 사람도 아니고, 이미 광동성 광주 지부장에게 다른 지부를 또 주겠다고 하다니. 장백추가 그녀를 의아한 듯 바라보았다.

"합당한 공에는 합당한 보상이 주어져야지요."

"그렇긴 합니다만……."

"무슨 문제라도 있습니까?"

합당한 공에는 합당한 보상. 그것은 어디나 다들 있는 일이다. 하지만 그녀에겐 그런 권한이 없었다. 정식 주인이 아닌 탓이다.

"주혜연 아가씨가 가만히 있겠습니까?"

주혜연은 유종상단의 주인인 주철피의 딸이다. 설용미는 상단을 임시로 관리하고 있을 뿐, 실질적인 후계자는 주혜연이다.

그녀의 허락도 없이 마음대로 일을 하다가는 가만히 있지 않을 것이다.

설용미는 장백추를 노려보았다. 독사와 다름없는 눈빛에 그의 몸이 움츠러들었다.

"혜연이는 상단을 이끌기에 아직 나이가 어립니다."

"예?"

약관이 이제 지났으니 이를 법도 하지만, 딱히 관계없을 것 같다는 생각이 들었다.

무엇보다 어렸을 적부터 상단을 이끌 재목으로 길러졌던 주혜연이다.

주철피와 정부인의 슬하에 남자아이는 어린 나이에 병을

얻고 세상을 떠났기 때문이다.

그 이후로 아이의 소식도 없어 주혜연이 상단을 이끌 재목이 된 것이다.

여자라는 것 때문에 상단을 제대로 이끌 수 있을까 걱정도 많았지만, 그녀는 자신의 아버지 이상의 재능이 있었다.

어린 나이에 불가능할 법했던 거래를 성사시킨 적도 있을 정도다. 그 덕분에 유종상단이 이만큼 커질 수 있었으며 주철피도 자랑스러워했을 정도다.

'그런 그녀가 부족하다고?'

게다가 주혜연은 현재 유종상단에 없었다. 이유라고 한다면 설용미가 그녀를 밖으로 내보냈기 때문이다. 이유는 간단하다.

세상을 경험해서 안목을 넓히라는 것이다. 내친 것이나 다름이 없었다.

"말이……."

안 되지 않느냐고 말하려는 찰나, 박가가 큰 소리로 그의 말을 가로막았다.

"예, 물론이지요, 안주인님. 이제 약관이 지난 주혜연 아가씨에게 아직 버거운 일입니다. 그렇고말고요."

"그렇게 말씀해 주시니 감사드립니다, 지부장님."

"당연한 걸 말한 겁니다, 안주인님."

참으로 간사한 사람이다. 그가 상단이 아니라 과거에 급제해서 왕을 보필했으면 틀림없이 간신배가 되었을 것이라고 생각했다.

그러고 보니 하는 행동이 간신배와 잘 어울린다는 생각이 들었다.

설용미가 갑자기 씁쓸하게 웃었다.

"저도 이 자리가 부담스럽습니다. 혜연이는 제 배를 아파하며 낳은 아이가 아니지만, 마음으로 낳은 아이입니다. 전 혜연이를 친자식처럼 여기고 있습니다. 그렇기 때문에 어미 된 도리로 지금 당장 물려주기에는 짐이 너무 무겁다 생각합니다."

"……그렇습니까?"

장백추는 그녀의 말이 진심인지 아닌지 모르겠다는 표정이었다. 설용미는 소문이 그렇게 좋은 인물이 아닌 탓이다.

확실히 주혜연에게 잘하는 모습이 보이기도 했지만 그녀가 권력을 잡고서 상단의 장로들이 대거 숙청됐다.

상단의 자금을 횡령하고 뇌물을 주고받았다는 것 때문인데, 본인들은 그런 적이 없다고 한다.

그러나 이미 그들이 횡령한 증거와 뇌물을 받은 증인들

도 보란 듯이 있기에 누구도 장로들의 말에 귀를 기울이지 않았다. 하지만 그들은 전부 거짓이라고 할 뿐이다.

반성의 기미가 없어서 장로들에게 기회조차 주지 않고 완전히 내쫓아 버렸다.

'숙청된 장로들은 전부 상단에 애착이 강하고, 성실하다고 평가된 이들이었지.'

장백추가 생각하기에 뭔가 내막이 있는 것이 분명했다. 하지만 이런 분위기에서는 입조심을 할 필요가 있었다.

분명 자신과 같은 생각을 하는 사람들이 존재하지만 함부로 입 밖에 꺼내지 못하는 게 다 그 이유 때문일 것이다.

"그럼 언제가 적정하시다 생각하시는지요?"

"경험을 좀 더 쌓고, 적정한 나이가 되면 넘겨줄 생각입니다. 대략 두 해 정도면 충분하다 생각합니다. 그래서 제가 경험을 쌓으라며 내보낸 겁니다. 가혹할지 모르지만…… 이것이 밑바탕이 되어 유종상단에 시련이 닥쳐도 견딜 포석이 되기를 바라고 있습니다."

두 해…… 짧지도, 길지도 않은 시간인 것 같았다. 두 해만 지나면 주혜연도 적정한 나이가 된다.

주철피가 상단을 이끈 나이가 스물셋에서 넷 정도 되었을 때니까.

"아, 저는 지부장님과 따로 할 말이 있는데 잠시 자리를 비켜 주실 수 있으신지요?"

"예? 아, 예. 알겠습니다."

장백추도 보고를 하려고 왔을 뿐이지, 할 일이 없는 것이 아니다. 그가 눈치를 살피며 박가를 바라보니 얼른 가라고 손짓했다.

"그럼 이만 물러가겠습니다."

"그래. 지금처럼 열심히 일하거라."

"……네, 지부장님."

'방금 전까지 그따위로 일할 거면 당장 일 때려치우라고 했으면서……!'

마음 같아서는 상관이든 말든, 안주인이 보든 말든 한 대라도 치고 싶은 심정인 장백추였다. 그러나 그는 그럴 수 없다.

어떻게 해서 유종상단에 취직했는데, 여기서 길거리로 내몰릴 수는 없었다.

그가 속으로 깊은 한숨을 내쉬며 밖으로 나갔다. 설용미는 잘 가라며 손을 흔들어 주면서 후후 웃으며 생각했다.

'넘겨주긴 할 겁니다. 주혜연이 그때까지 살아 있다면 말이지만요.'

그녀의 생각이 장백추에게 향하는 일은 결코 없었다.

장백추가 나가고 나서 설용미가 박가를 향해 돌아보았

다.

"안주인님. 무슨 일이신지요?"

"다름이 아니라. 혜연이가 걱정되어서 그렇습니다. 경험을 해 보라며 억지로 쫓아낸 것이 조금 마음이 아파요."

설용미는 정말 괴롭다는 표정으로 그를 바라보았다. 그녀의 눈빛을 보고 박가의 마음이 크게 요동쳤다. 매혹적인 그녀가, 강한 면모를 보이던 그녀가 이런 연약한 모습을 보이니 심장이 크게 요동쳤다. 사람을 다시 본 느낌이었다.

"걱정하지 마십시오, 안주인님. 제가 직접 가서 물어보겠습니다."

"직접이요?"

"예, 제가 바로 행동하는 지부장, 박가가 아닙니까! 하하하! 사람을 시켜 보내는 것보다 제가 직접 가는 편이 더 안심이 되지 않겠습니까?"

"그래요. 지부장님이 직접 가 주신다면 더 안심이지요. 아무래도 다른 사람에게 맡기면 불안한 것도 있으니까요. 혜연이에게 혹시 부족한 것은 없는지 말해 달라고 해 주세요. 가능하다면 말하는 것을 모두 수렴해 줄 것이라고요. 아, 그리고 한 가지 더. 제 눈을 바라봐 주세요, 지부장님."

번쩍. 그녀의 눈에서 이질적인 빛이 감돌았다. 하지만 박가는 그녀에게서 생긴 현상을 눈치채지 못했다. 박가는 초점을 잃은 눈으로 그녀를 뚫어지도록 바라보았다.

그녀가 고혹적으로 웃으며 그의 이마에 손을 얹었다.

"지부장. 살수를 시녀로 위장시켜 주혜연 그년을 독살하도록 하세요. 맹독은 안 됩니다. 시일이 걸린다 해도 최대한 독을 누적시켜서 죽여야 합니다. 자, 복창하세요."

"살수를 시녀로 위장시켜 주혜연을 천천히 독살시키도록 하겠습니다."

"잘하셨어요. 최대한 유능한 살수를 섞어서 보내도록 하세요. 시일이 길면 길수록 좋습니다. 병으로 죽었다고 믿게 하는 것이 중요합니다. 아셨죠?"

"알겠습니다."

그리고 그녀가 손을 뗀 순간, 박가의 눈의 초점이 다시 돌아왔다.

그는 방금 전 무슨 일이 있는지 모른 채 크게 감동했다는 듯 고개를 숙였다.

"안주인님께서 아가씨를 걱정하시는 마음이 이리도 깊을 줄 몰랐습니다. 내일 해가 밝자마자 유능한 시녀들을 데리고 가겠습니다."

박가는 시녀를 데리고 가는 것만 머릿속에 남아 있지만,

무의식적으로 살수를 고용하여 위장시키는 것도 같이 행동
하게 될 것이다.

"예, 지부장님. 당신을 믿겠어요."

제4장
주혜연

　조용한 시골 마을. 전망이 확 트인 산에 오른 여인은 바다를 보며 깊은 한숨을 내쉬고 있었다.

　구포현의 사람이 아닌 듯 그녀는 다른 이들과 달리 비단옷을 입었을 뿐만 아니라 피부 또한 새하얗다. 거친 일을 해 본 적이 없다는 듯 손도 부드럽다. 그런 그녀가 근심 가득한 얼굴로 하염없이 바다를 바라보고 있었다.

　그녀의 이름은 주혜연. 유종상단의 주인인 주철피의 하나뿐인 딸이다.

　'설용미의 세력이 생각보다 많아.'

　상단의 인원 중 거의 반 이상은 설용미의 세력이라고 보면 되었다. 마음을 놓는 순간 끝이다.

설용미는 분명 유종상단을 온전히 손에 넣기 위해 자신의 세력을 계속 늘리고 있을 것이다. 아무도 믿을 수 없는 상황이다.

그녀의 어머니는 몇 달 전 사고로 죽고, 아버지는 충격에 쓰러져 시름시름 앓고 있다. 그 때문에 설용미가 유종상단을 이끌고 있는 상황. 어찌 보면 당연한 수순이지만 켕기는 사실이 너무도 많았다.

흐름 자체가 설용미에게 너무 유리하게 흘러가고 있는 탓이다. 자연스럽게 흘러가는 것처럼 보였지만, 그렇기에 오히려 의심이 들 수밖에 없었다.

처음에는 단순히 우연이 아닐까란 생각을 하기도 했다. 하지만 그 의심은 결국 확신이 되었다.

몇십 년간 주철피의 곁을 지키며 유종상단을 이끈 장로들이 줄줄이 뇌물과 횡령 사건에 얽히며 쫓겨난 탓이다.

그중에는 가장 성실하고 검소하게 사는 장로도 포함되어 있었다.

'게다가 아버지의 곁에 있던 장로들 중 몇몇은 갑자기 급사했어.'

세월로 인한 자연사라고 하기에는 부자연스러운 점이 한둘이 아니다. 그들은 쫓겨나기 전에도 건강한 사람들이었다.

유족들의 말로는 돌아가시기 며칠 전만 해도 팔팔하게 움직였다고 한다. 그러다가 갑자기 병상에 눕고 유명을 달리했다는 것.

그 말을 전해 듣고 독단으로 조사해 보니 어머니의 사고에 부자연스러운 점이 발견되었다. 마차 바퀴의 고정하는 나무못이 빠져 있었던 것이다. 그 때문에 마차가 전복되어 버렸다.

마차에 타고 있던 어머니는 세상을 떠난 반면, 마차를 몰던 마부는 어디 하나 다치지 않았다.

예상치 못한 일이었기에 피할 틈이 없어야 정상이다. 허나 마부는 다치지 않았고, 이튿날 일을 그만두고 이사를 갔다.

따로 뒷조사를 해 본 결과 값비싼 비단을 취급하는 포목점을 차렸다고 한다. 마부가 어디서 돈을 그렇게 벌어서 포목점을 차렸을까. 마부의 돈벌이로 작은 가게라면 몰라도, 그런 포목점은 평생 모아도 불가능한 일이다.

그렇게 조사를 계속하다 보니 수상한 점이 조금씩 발견되었다. 주철피가 충격을 받아 쓰러진 것은 사실이지만, 병세가 날이 갈수록 심하게 악화되고 있었다.

고작 이틀. 주철피는 이틀 만에 의식을 차리지 못하는

지경에 와 있다. 안정을 취해야 한다며 주혜연의 출입을 막으면서도 설용미의 출입은 막지 않았다.

'분명 설용미가 일을 계획하고 있는 거야.'

그렇게 확신은 하지만 그녀는 생각만 할 뿐이다. 심증은 있는데 증거가 없기 때문이다.

증거가 있다면 그것으로 하여금 그녀를 몰아붙일 수 있지만, 증거가 없는 상태로는 오히려 그녀의 일을 더욱 수월히 해 주는 꼴밖에 되지 않았다.

'하지만 계속 가만히 있을 수는 없는 노릇이야.'

설용미가 과연 가만히 있을까? 아니다. 분명 이런 짓까지 벌여 놓았으니 또 다른 일을 계획하고 있을 것이다.

'나도 결코 안전하지 않아.'

설용미가 이대로 끝낼 거란 생각은 진즉에 버렸다. 분명 언제든 자신을 노릴 기회를 엿보고 있을 것이라고 확신했다.

그러나…….

'나는 너무 힘이 없어.'

설용미는 포석을 깔아 두고 자신의 사람을 많이 만들어 둔 반면, 주혜연의 사람은 없었다. 있다고 하면 숙청된 장로들뿐. 하지만 그들은 지금 상황에서 큰 도움이 되지 않는다.

이미 유종상단에서 내쳐졌기 때문에 더 이상 유종상단의 사람이 아닌 탓이다. 또한 몇몇의 장로들이 급사한 것 때문에 함부로 나서지 못하고 있었다.

그들도 설용미가 일을 계획한 것이라고 의심하고 있지만 죽음이 두려워 어떻게 하지 못하고 있었다.

'훗날을 대비해 돈을 마련해서 안전한 곳에 숨기기는 했지만……'

언제까지고 숨길 수 없다는 것은 본인도 잘 알고 있다. 만약 상단의 시선이 종리세가에 집중되어 있지 않았다면 그조차 불가능했을 것이다.

'하지만 해결되는 즉시 내게 집중하게 되겠지.'

후우, 깊은 한숨을 내쉬는 주혜연.

'종리세가를 견제해서 이득을 취해도, 그로 인해 유종상단이 망해도 내게는 손해구나.'

이득을 취하면 설용미의 힘이 커지는 것이고, 유종상단이 힘을 잃게 되면 가문의 위기다. 어찌 되었든 그녀에게는 손해인 것이다.

'으으…… 아버지는 왜 그 여자를 첩으로 삼으신 건지……'

설용미를 첩으로 들인 아버지가 원망스러웠다. 처음 봤을 때부터 좋게 생각하지 않았던 여인이다.

사람 보는 안목이 탁월한 아버지가 왜 그런 여자를 데리고 온 것인지 여전히 모르겠다. 복잡하다는 듯 머리를 부여잡으며 끙끙 앓는 소리를 내었다. 그때였다.

딸깍! 딸깍!

"히익?!"

이상한 소리에 깜짝 놀라 기겁하며 뒤를 돌아본 주혜연. 그곳에는 자신의 또래로 보이는 여인이 기괴한 물건을 만지며 웃고 있었다.

"뭐, 뭐예요?!"

"아뇨. 할아버지 산소에 누가 있기에 아는 사람인가 해서요."

"산소요?"

"여기가 제 할아버지 산소거든요."

"아……."

멍하니 산에 올라왔다가 전망이 확 트인 곳이 있기에 잠시 앉았는데 묫자리였다. 뒤를 돌아보니 묘가 떡하니 있었다. 묘에는 주인의 이름이 쓰여 있었다.

"무당의 제자 조악설…… 이런 곳에 무당의 제자가 묻혀 있었군요."

중원 끝자락에 있는 마을에 무당의 제자가 살고 있었다니. 놀라운 일이다.

"무복은 입고 있지 않지만 저도 무당의 제자예요."

그러고 보니 여인은 무복은 아니어도 허리춤에 칼을 차고 있었다. 멋으로 차고 다니는 것이 아닌지, 손잡이에는 손때가 묻어 있었다.

"전 조소소라고 해요. 저기 보이는 과수원이 제가 사는 집이에요."

언뜻 나무 틈 사이로 과수원과 함께 집이 보였다. 잘 보지 않으면 모를 정도였다.

"아, 저는 주혜연이에요."

"예쁜 이름이네요. 어디서 왔어요?"

"성도에서 왔어요."

"성도에서요? 잠시 휴식 차 온 건가요?"

"그런…… 셈이죠."

사실 쫓겨난 것이나 다름이 없지만 구태여 그런 말을 할 필요가 없다고 느꼈다. 처음 보는 사람에게 그런 말을 할 정도로 입이 가볍지는 않았다. 애초에 말해 봤자 하소연밖에 더 되겠는가.

'무엇보다 동정받는 것도 싫어.'

자존심 때문인지 동정을 받는 것을 싫어하는 주혜연이다. 최대한 티를 내지 않으며 그녀가 손가락으로 소소의 손에 들린 물건을 가리켰다.

"그런데 손에 들고 있는 그건 뭐예요?"

"아, 이거요?"

딸깍! 딸깍!

"집게예요. 빨래집게. 빨래를 널 때 사용하죠."

"……빨래를 하는 데 집게가 필요한가요?"

"바람이 많이 부는 날 이걸로 단단히 고정시킬 수 있거든요. 바람에도 안심할 수 있죠. 생각 없이 가지고 놀기도 좋고요."

손에 가볍게 힘을 주는 것만으로도 입이 벌어지고, 놓을 때마다 소리를 내는 집게. 주혜연은 신기한 듯 이를 바라보고 있었다.

"신기하네요."

"후후. 다들 그러죠. 그리고 빨래를 고정시켜 주는 걸 보면 더 놀라실 거예요."

시장에 가면 싸게 팔고 있으니 구입하는 것도 나쁘지 않을 거라고 말해 주는 소소였다.

"아 참. 내 정신 좀 봐. 잠시만 기다려 주세요. 할아버지께 인사를 드릴게요."

"네."

소소는 술을 따라 조설악의 묘에 뿌렸다. 그녀가 절을 하고 난 후, 다시 주혜연에게 다가왔다.

"여기 전망이 좋죠? 할아버지는 매일 이곳에서 바다를 바라보고 계세요."

"네. 정말 좋은 곳에 자리를 마련하셨네요."

명당란 이곳을 가리킨 말일 것이다. 그만큼 양지바르고, 전망도 좋았다. 바람도 시원하고, 햇빛도 잘 드는 곳이다.

'이런 곳을 찾기 어려웠을 텐데.'

무엇보다 관리도 잘되고 있는 것 같았다. 양지가 바르다 해도 관리가 안 되면 엉망이 되기 마련이다. 하지만 꾸준히 관리를 한 덕분인지 묘지가 깨끗하다는 인상이 강했다.

"아, 저는 이만 내려가 봐야 해요. 과수원 일을 도와야 하거든요. 이곳에 계셔도 상관은 없지만요."

"그런가요?"

"그리고 제가 부적을 드릴게요. 선의로 하는 일이니 돈은 안 주셔도 돼요."

"부적이요?"

갑자기 웬 부적? 무당에서 부적을 그냥 주는 것은 고마운 일이지만, 받을 수 없다고 생각했다. 그저 대화만 했을 뿐인데 부적을 주겠다고 하니 조금 의아한 것이다.

'혹시…… 설용미가 보낸 사람이 아닐까?'

그런 의심을 하는데, 소소가 품에서 뭔가를 꺼냈다. 혹시 칼이 아닐까 생각했지만, 그녀가 꺼낸 것은 정말 부적이었다. 소소는 주혜연에게 부적을 쥐여 주었다.

"자, 여기 가지고 계세요. 보는 내내 느낀 거지만, 근심이 자리 잡고 계시네요. 사연은 모르지만 이 부적을 가지고 있으면 근심을 덜어 줄 거예요."

"……."

역시 무인이라 그런지 예리했다. 그녀는 동정을 하는 것이 아니라 정말 돕고 싶어 하는 표정이었다. 그래서였을까. 정말로 부적에 영험한 힘이 있는 건 아닐까란 생각이 불현듯 들었다.

'세상에는 이런 사람이 있구나.'

정파의 사람이라고 해도 이익을 우선시하는 사람이 반드시 있는 법.

요즘 강호에서는 남을 돕는 강호인을 찾기 어려울 정도라고 하는데, 이런 사람이 아직도 있다는 것이 신기했다.

"그럼 감사히 받을게요."

"네. 그리고 고민거리가 생기면 언제든 과수원으로 오세요. ……한 달 후에 다시 무당으로 가야 하지만요."

정말 동정을 받는 건지 아닌지 이제는 애매하다는 생각이 들었다. 선의로 하는 것 같으니 알겠다며 고개를 끄덕였다.

"아, 만일 제가 과수원에 없으면 대장간으로 오시면 될 거예요."

"대장간이요?"

"제가 거기에 자주 놀러 가거든요. 어릴 적부터 같이 놀던 오빠가 그곳의 주인이거든요."

그러고 보니 지금 이 마을은 종리세가에 발명품을 만들던 대장장이가 있다는 말을 들은 적이 있었다. 그리고 생각보다 상당히 젊은 나이라고.

그러면서 광동성 제일의 명장이라고도 불리고 있었다. 순간 어떤 사람인지 호기심이 들었다.

'만나 보고 싶지만…… 내치지 않으면 다행이겠네. 만나러 가도 내가 유종상단의 사람이라는 건 숨기는 게 좋겠어.'

주혜연은 가까운 시일 내에 방문하기로 하고, 방문하게 되면 현재 종리세가와 견제 세력 간 흐름이 어떻게 흘러가고 있는지 정보를 얻어 보기로 했다.

*　　　*　　　*

이튿날, 한참 대장간에서 일을 마치자, 소소가 온 것을 확인한 흑수. 그는 소소가 손을 흔들자 고개를 갸웃거리며 물었다.

"언제부터 와 있었어?"

"온 지 얼마 되지 않았어. 일다경쯤 지났나?"

정말 온 지 얼마 되지 않았다. 백화령은…… 그 옆에서 멍하니 하늘을 응시하는 중이다.

"용케 내가 끝날 즈음에 왔구나?"

"오빠가 언제쯤 일이 끝나는지 대충 알고 있거든."

흑수의 일과는 나름대로 규칙적으로 짜여 있다. 아마 이웃 사람들도 망치 소리를 듣고 대충 그가 일을 끝내는 시간을 알고 있을 것이다.

"그래? 무슨 일로 왔어?"

"엄마가 오빠한테 과일 좀 가져다 주라고 해서 말이야."

소소는 마루 밑에 두었던 나무상자를 들어서 보여 주었다. 큰 나무상자 안에 사과들이 가득 있었다.

이 정도면 신녀문의 무인들과 하루에 한 번씩 나눠 먹어도 일주일은 넘을 양이었다.

"어이쿠, 많이도 주셨네. 들고 오는 것도 힘들었겠다. 아주머니에게 잘 먹겠다고 전해 줄래?"

"알겠어. 어머니도 전에 준 청경채랑 고구마도 잘 먹고 있다고 전해 달래."

역시 이웃끼리 오가는 정이란. 하나를 베풀면 다른 곳에서 하나를 준다. 이런 맛에 이웃들과 서로 상부상조하는 것이다.

흑수는 마른 천으로 흐르는 땀을 닦아 내었다. 씻고 싶은 마음이 한가득하였지만, 그럴 수 없었다.

"소협. 대련 시간입니다."

백화령 때문이었다. 대련은 그도 좋아하기 때문에 오히려 반기는 편이다. 대련이라는 말에 소소가 반응했다.

"일 끝나고 대련도 해?"

"응. 예전에는 심심해서 종리연 아가씨랑 했는데, 어느 순간 소문주님과도 같이 하게 됐어."

"헤에…… 종리연 아가씨랑 매일 했다는 말이지?"

살짝 질투 어린 표정과 함께 씨익 웃는 소소. 흑수가 피식 웃었다. 대충 무슨 말을 할지 알았기 때문이다.

"나도 같이 해도 되지?"

"나는 상관없어. 소문주님 생각은 어떠신지요?"

백화령도 문제 될 게 없다는 듯 조용히 고개를 끄덕였다. 허락하는 의미였다. 대장간에서 하기에는 그렇고, 뒤뜰은 작은 텃밭과 닭장, 염소 울타리가 있어서 사용할 수 없다. 결국 밖에서 하기로 했다. 대장간에서 멀리 떨어지지 않은 곳에 적당한 공간이 있었다.

"이곳도 오랜만에 오네. 어렸을 때 남자 애들이 전쟁놀이하고 그랬잖아."

흑수가 고개를 끄덕였다.

"그랬었지."

물론 흑수는 전쟁놀이에 전혀 참가하지 않았지만 말이다. 딱히 어울려 놀고 싶지도 않았고, 그저 지켜만 보았다. 너무 시끄럽게 놀아서 오죽했으면 단천수가 조용히 하라고 소리 지를 정도였으니까.

"그러고 보니 너. 초영부 알지?"

"잘 알지."

소소를 제외하고 그나마 흑수랑 어울리려고 했던 녀석이 초영부다. 지금은 풍운객잔의 주방장으로 일하고 있으며 훗날 가업을 물려받을 녀석이기도 했다.

"찾아가 봐라. 지금 풍운객잔의 주방장인 거 알고 있지? 그 녀석 이마에 작은 흉터가 있는데, 그게 여기서 너랑 전쟁놀이하다가 네가 던진 목검에 맞아서 생긴 거다."

"그래?"

전혀 기억에는 없는 것 같았다. 하기야, 이곳에서 놀다가 다친 애들이 한두 명이던가. 일일이 기억하는 게 더 신기한 일일 것이다.

무릎이 까지고, 넘어지고, 울고, 진짜로 싸우고. 그러면서 이튿날 언제 그랬냐는 듯 다시 어울려 놀고. 그게 아이들의 일상인 것 같았다.

"뭐, 자세히 들여다보지 않으면 모르니 녀석도 별생각 안 하는 것 같지만."

어깨를 으쓱한 흑수가 가지고 온 연습용 검과 연습용 대도를 내려놓았다. 꼬맹이들도 집에 갔는지 보이지 않았다.

"그런데 지금껏 궁금했는데 오빠는 왜 같이 안 놀았던 거야? 전쟁놀이라든지, 소꿉장난이라든지."

소소 기억 속의 흑수는 항상 일만 했다. 어울려 논다고 해야 할까. 지금 생각해 보면 거의 아이 돌보기나 다름이 없던 것으로 기억하고 있었다.

"유치해서."

참으로 단순한 이유다. 그의 말에 그녀의 얼굴에 황당함이 깃들었다.

"그 나이에?"

육체 연령은 어릴지라도, 정신 연령은 꽤 높다.

"응. 그 나이에 그렇게 느꼈거든. 애초에 할아버지 일 돕는 생각밖에 없었고 말이지."

"어휴, 전생에 일 못 해서 죽은 사람이라도 돼?"

전생을 기억하는 사람한테 물어도 그건 대답해 줄 수 없었다. 흑수가 어색하게 웃었다.

'무단 횡당하다가 죽었으니.'

상대가 믿을 것 같지도 않고, 믿는다 해도 자랑할 만한 일은 아니다. 그저 어색하게 웃는 것이 최선이었다.

과거를 회상하며 하하 웃고 있을 때, 백화령이 치고 들어왔다.

"소소님. 소협께서는 어떤 사람이었는지요?"

백화령이 흑수의 어린 시절에 대해 관심을 갖게 되었다. 소소는 피식 웃으며 그에게 시선을 향했다.

"애늙은이 같은 사람이었어요. 지금 성격 그대로라고 보면 돼요. 전혀 안 변했어요. 나이도 얼마 차이 나지 않으면서 절 아직도 어린애 취급하는 거 보셨죠? 이런 사람이에요."

"좋은 말로 성숙했다는 말이 있잖아."

"그래, 이 애늙은이야."

소소가 혀를 내밀며 그를 놀렸다. 흑수가 피식 웃었다. 애늙은이라고 불릴 나이는 지났건만…… 그렇다고 딱히 정정해 줄 생각도, 부정할 생각도 없다. 육체 나이에 맞게 놀고 싶어도 정신적으로 이미 성숙한 그가 어린애들이랑 어울려 놀기에는 명백한 한계가 있었으니까.

"소협께서는 신기한 사람이로군요."

무인들에게 들은 바, 어렸을 적에는 친구들과 어울려 노는 것이 대부분이라고 한다. 백화령은 어렸을 적부터 무산신녀의 밑에서 수련을 했기 때문에 놀거나 할 기회가 없었다. 무엇보다 당시에는 급박한 상황이 꽤 많았다.

그러나 비교적 자신보다 늦은 나이에 온 무인들은 소려나 소소처럼 친구들과 많이 놀았다고 들었다. 그녀가 아는 사람 중 어린 시절 친구와 잘 놀지 않은 사람은 없었다.

"신기한 게 아니라 그냥 정신적으로 늙은 거예요."

"내 취급도 참."

"괜찮아, 괜찮아. 다 과거 일이잖아. 반성하면 돼."

반성할 만한 일은 아니지만 반성하는 척 입술을 삐죽 내밀며 고개를 숙이자 소소가 까르르 웃었다.

"호호호, 안 어울려. 설마 그게 귀엽다고 생각한 거야?"

"전혀 귀여운 척할 생각은 없었지만, 네게 그렇게 들으니 조금 마음이 상하려고 하는데?"

'옛날이나 지금이나 전혀 달라지지 않은 건 소소 너도 마찬가지지만.'

천덕꾸러기 같은 모습이 여전하다. 그때와 달리 많이 성장하고, 어여쁜 여인이 되었어도 말이다. 그 모습이 과거와 겹쳐 귀엽게 느껴졌다.

"또 애 취급이야."

"그래, 우리 소소는 이미 다 컸고말고, 암."

"……."

소소가 불만스러운 표정으로 뺨을 부풀렸다. 그 모습이

귀엽다며 계속 쓰다듬자 어느 순간 따가운 시선이 느껴졌다. 백화령이 보기 싫었던지 그를 뚫어지도록 바라보았다. 대련을 하러 왔는데 계속 잡담만 하고 있으니 화가 난 것 같다고 생각했다.

"큼큼! 장난은 여기까지만 하도록 하고. 자, 이제 대련을 하자."

흑수가 소소의 머리에서 손을 떼고 헛기침을 했다. 소소도 살짝 부끄러운지 홍조를 띠며 애써 시선을 피했다.

흑수가 연습용 대도를 들자, 소소와 백화령이 연습용 검을 집었다.

"자, 이제 시작할까요? 각자 한 명씩 상대할까요, 아니면 둘이서 덤비실래요?"

"오빠, 너무 기고만장한 거 아냐?"

소소가 다소 황당한 표정으로 그를 바라보았다. 한 명도 아니고 두 명을 한꺼번에 상대하겠다고 하니 당연히 그럴 수밖에 없는 것이다.

"소협께서는 저와 종리연 아가씨를 동시에 상대할 수 있는 사람입니다."

"정말요? 종리연은 그래도 일류 정도 되는 사람일 텐데?"

종리연이 눈앞에 없다고 이름을 막 부르는 소소였다. 앞에서는 웃고, 없을 때는 뒷담을 하는 것처럼 보였다.

"오빠, 많이 성장했네? 하기야, 그러니 관우진이나 화산파의 구종천을 상대로 이겼겠지."

용봉 비무 대회에서 그 소식은 금방 접했을 것이다. 묘수신장이니 대력추니. 그의 별호가 생긴 것도 다 그쪽에서 어쩌다 보니 생긴 것이다.

"그럼 오빠는 어느 정도 강하다는 거야?"

"음…… 검기를 사용할 수 있으니까 절정."

"……뭐? 절정이라고? 무인도 아닌 오빠가?"

소소가 괴물을 바라보듯 그를 바라보았다. 정식 절차를 밟은 제자도 아니고, 할아버지에게 몇 가지 배운 대장장이가 절정이라니!

"오빠 무슨 기연이라도 얻었어?"

당연히 기연을 얻은 것 아니냐는 의심을 할 법도 하다.

"딱히 기연은 없었는데……."

기연이라고 하기에는 뭣하고, 그나마 조금 도움이 된 것이라고 하면 산적 우두머리를 잡으면서 얻은 무신도법을 익힌 정도다.

더욱 강하고, 민첩하게 상대를 제압할 수 있는 무공이다. 또한 대산도법과 비슷하기 때문에 같이 응용하기도 딱이었다.

"괴물이네, 괴물이야. 오빠가 대장장이가 아니고 무인이었으면 분명 엄청 유명했을 거야!"

이립도 안 되는 나이에 절정이니 당연히 누구든 놀랄 것이다.

"……."

반면 백화령은 그 모습을 뚫어지도록 바라보았다. 무공을 알면서 자신의 경지가 초절정이라는 것도 모르는 사람이라니. 백화령은 그에게 정정시켜 줄까 하고 생각했지만 이내 고개를 가로저었다.

어차피 나중에 알게 될 사실이니까. 모르면 이대로 살아도 딱히 관계없다는 생각이 들었다. 그는 무인이 아닌 대장장이다. 경지가 높다는 것이 괜히 남들에게 알려지면 그에게 접근하는 사람들이 많아질 것이다. 때로는 경지 덕분에 위협을 피할 수 있지만, 그만큼 남들의 시선을 받을 수밖에 없었다.

원래 말이란 게 자신도 모르는 사이에 남들에게 퍼지는 법이다. 흑수라면 아마 그것을 싫어할 것이라고 생각했다. 이대로 조용히 있는 게 좋을 것 같았다.

"그러고 보니 소소야. 너 그거 기억하니?"

"뭘?"

"네가 무당으로 갔을 때 우리 내기했잖아. 네가 무당에서 나왔을 때 소원 들어주기."

소소가 흠칫 놀라며 대답했다.

"그, 그랬지."

소소도 그것을 잘 기억하고 있었다. 잊을 수 없었다. 내기를 먼저 제안한 것은 흑수지만, 그녀는 그 당시 무슨 이유로 그런 내기를 수락했는지 잘 기억하고 있는 까닭이다. 지금도…… 그 생각은 변함이 없었다.

"나중에 네가 나왔을 때 비무에서 내가 이기면 무슨 소원을 빌까? 분명 소원은 무엇이든 들어주는 거였지, 아마?"

"왜, 왜 진지하게 고민하는 거야?"

"아니, 소원인데 진지하게 고민할 수 있는 거잖아. 내가 설마 못 들어주는 소원을 말하기라도 하겠어?"

"나, 나와 혼인해라! 라는 그런 소원은 안 들어줄 거다, 뭐!"

흑수가 피식 웃으며 손을 저었다.

"아, 걱정 마. 내가 설마 동생 같은 너에게 그런 무리한 소원을 말하겠어?"

"……동생?"

"응. 난 널 그저 동생으로 바라보고 있으니까."

그의 말에 상당히 충격을 받은 표정의 소소가 털썩 주저 앉으며 손을 땅에 짚었다. 한 명의 여자로서 좀 충격석인 말이었을지도 모른다. 여자처럼 안 보인다는 말은 좀 실례한 것 같다고 생각하면서 머리를 긁적였다.

"괜찮아. 넌 분명 매력적이니까."

"그런 위로는 필요 없어……."

대련도 하기 전에 사기가 떨어진 것 같았다. 흑수가 미안한 표정으로 머리를 긁적였다. 다음부터 농담으로라도 그런 소리를 하면 안 되겠다는 생각이 들었다.

'설마 지금도 그 꼬맹이 때 생각을 하고 있는 것은 아니겠지?'

그렇다면 대단히 실례지만, 설마 그럴 리 없을 것이라고 생각했다. 세월이 얼마나 지났는데 아직도 그런 마음을 품겠는가. 스스로 그렇게 생각하며 일단 그녀를 다독이자고 생각했다. 지금 중요한 건 대련이 아닌 것 같았다. 확실히 실례되는 말을 했으니 사과하는 게 정답이다.

쉽게 풀어질 것 같지 않지만…… 별수 있겠는가. 풀어질 때까지 기분에 맞춰 주는 수밖에.

"소문주님. 대련은 나중에 하기로 하죠."

백화령이 고개를 끄덕였다. 그녀도 지금 상황으로 대련은 무리일 것이라 판단한 것이다. 한참 그렇게 다독이니 어느 정도 풀어졌을 때였다. 뒤에서 인기척이 들려왔다.

"이거 놓으세요!"

모든 이들의 시선이 그쪽으로 향했다. 소리가 들려온 곳에는 신녀문의 호위 무사 한 명이 한 여성을 끌고 오고 있는 것이었다.

호위 무사는 기어코 흑수의 앞에 여인을 끌고 왔다.

"명장님. 대장간을 기웃거리는 것을 보고 잡아 왔습니다."

"저는 아무 잘못 없다니까요!"

자신은 억울하다며 뿌리치려고 했지만, 단련된 무인의 손아귀를 빠져나가는 건 쉽지 않은 일이다. 보아하니 붙잡혀 온 사람은 무공도 익히지 않은, 소위 귀한 집 여식 같아 보였다.

"어째 피부가 하얗고, 상당히 고운 것을 보니 마을 사람 같지는 않은데……."

흑수가 턱에 손을 얹으며 그렇게 평가했다. 그가 다가와서 조목조목 살폈다. 아무리 봐도 모르는 사람이었다. 이런 사람이 있었더라면 흑수가 모를 리 없었다. 애초에 이 마을에서는 비단옷을 입은 사람을 쉽게 볼 수 없었다. 촌구석 주제에 꽤 잘사는 마을이라고 해도 비단옷을 입을 만큼 풍족한 것은 아니니까.

"헉……."

그녀가 흑수를 보고 깜짝 놀라며 위에서 아래를 훑었다.

아마 그녀의 입장에서는 거인을 보는 기분일 것이리라. 그의 얼굴을 볼 때 목 아프게 뒤로 젖혀서 바라봐야 할 테니까. 무엇보다 흑수와 같은 장신은 중원에서도 거의 찾아보기 힘들었다.

'딱 봐도 무공을 배운 적 없는 평범한 사람이네.'

손을 보니 거친 일과는 확실히 멀어 보였다.

"카, 칼 좀 치워주세요."

"네?"

흑수는 그녀의 시선을 따라갔다. 그녀의 발치에 흑수의 대도가 닿을락 말락 하고 있었다. 날이 서지 않아서 베일 염려는 없지만, 자세히 들여다보거나 만져 본 적이 없으니 무서워하는 것도 무리가 아니다.

"아, 이거 날 안 선거니까 걱정하지 마세요."

그래도 못 믿는 눈치이니 일단 연습용 대도는 한쪽으로 치웠다. 그제야 그녀가 안도의 한숨을 내쉬었다.

"어떻게 할까요?"

"어떻게 하고 자시고. 손님일지도 모르잖아요."

"대장간 내부를 엿보려고 하기에 일단 잡아 왔습니다. 한번 뒤를 캐 볼까요?"

평범하게 이리 오너라! 라고 소리쳤으면 무인이 나와서 그가 어디 있는지 대답해 줬을 것이다. 그러나 아무 말도 없이 엿보려고 했다면 누구라도 충분히 오해할 것이다. 특히 살수가 온 지 며칠 지나지 않았으니 더더욱 그럴 것이다.

"고문은 하지 마세요."

"고, 고문?"

순간 얼굴이 파랗게 질린 여인. 하기야, 대장간에 왔다가 고문이란 말이 나올 줄은 상상도 못 했을 것이다. 그런 그녀를 안도하게 만든 것은 소소였다.

"아, 괜찮아요. 그 사람은 수상한 사람이 아니에요."

모든 이들의 시선이 이제는 소소에게로 향한다.

"아는 사람이야?"

"응. 어제 만났어."

호위 무사가 백화령을 바라보았다. 백화령이 고개를 끄덕이자 호위 무사가 그녀의 손을 놓았다.

간신히 풀려난 여인은 얼얼한 손목을 매만졌다. 그렇게 세게 비튼 것 같지도 않은데 살짝 눈물이 고인 것을 보니 몸을 단련한 사람이 전혀 아닌 것으로 판명되었다. 이런 사람을 정찰하러 보내는 것도 상당히 무리 같았다.

"무슨 일로 오신 거죠?"

"그냥 구경하러 왔어요. 광동 제일의 명장이 이 마을에 살고 있다고 해서요. 그리고 조소소 씨도 대장간에 있다고 해서……."

그 말을 들은 흑수는 그녀가 이곳에 이사 온 지 얼마 되지 않았고, 소소와도 어제 만난 게 처음이라는 것을 추측할 수 있었다.

"어디서 살고 계세요? 이곳에서 살던 사람은 아닌데."

"제재소와 객잔 옆에 있는 집에 잠시 머물고 있어요."

그녀의 말에 대충 어디에 머물고 있는지 알 수 있었다. 소소도 단번에 파악했다.

"오빠, 거기는 푸줏간 집 아니었어?"

"……사정이 있어서 말이야. 아주머니랑 아저씨가 다른 곳으로 가셨어."

"그랬구나. 돈 많이 벌어서 성도로 가겠다고 하시더니 성공했나 보네."

사실 푸줏간 아주머니와 딸이 산적들에게 죽임을 당하고, 아저씨가 그 충격에 자살해서 빈집이 되었다는 말을 하지 못했다. 나중에 알게 될지 모르지만 지금은 충격을 받지 않게 거짓말을 하기로 했다.

"저…… 혹시 그 명장님이……."

"예, 저예요. 부족하지만 그렇게 불리고 있어요."

이제는 명장님이라고 불리는 게 익숙해진 탓에 들어도 아무렇지 않았다. 그렇다고 그것 가지고 으스대지도 않았다. 신기한 듯 바라보았다.

"젊다는 말은 들었지만 정말 젊으시네요."

흑수가 어깨를 한 번 으쓱였다.

"다들 그러더라고요. 거창한 이름이다 보니 백발노인으로 알고 계시다가 직접 보고 놀라고요."

제일이란 단어는 그만큼 오랜 시간을 하나에 파고들어 경지에 이르렀기에 불리는 말이다. 흑수의 나이를 생각하면 정말 이른 나이에 불린 감이 없잖아 있었다. 누구는 그의 나이에 이제 걸음마를 떼는데, 그는 이미 '제일' 이라는 거창한 이름으로 불리고 있으니까.

'음…… 대련은 못 하겠군.'

한편 흑수의 시선은 백화령에게로 향했다. 오늘 대련은 이대로 취소해야 할 것 같았다. 백화령도 오늘은 못하겠다고 생각했는지 연습용 검을 내려놓았다. 조금 아쉽지만 오늘만 날이 있는 게 아니니 괜찮을 것이다.

"뭐…… 일단 별것 없지만 대장간으로 들어가시죠."

제5장

주혜연의 실책

　유종상단에서 자금을 풀고, 여러 상품들을 시장에 내놓기 시작했다.

　유종상단은 막대한 자금을, 주천세가와 정가에서도 자금과 무력을 더해서 유종상단에 힘을 보탰다. 또한 종리세가에서 무력으로 나올 시 언제든 움직일 수 있도록 만반의 준비를 갖춘 상태였다.

　서로 무엇을 할지 알고 척척 움직이는 것을 보면 아주 오래전부터 계획했다는 것을 알 수 있었다.

　종리연이 큰 한숨을 내쉬며 이마를 꾹꾹 눌렀다.

　"유종상단이 상당한 복병이네."

조사해 본 결과 유종상단에서 대부분의 자금이 돌고 있다. 또한 하부 업체들도 그에 일조하여 종리세가의 자금을 틀어막고 있었다. 아직까지는 이렇다 할 타격은 없지만 이것이 장기화되면 점점 축적될 것이다.

"자금은 유종상단, 무력은 주천세가와 정가. 공급은 하부 업체들……."

그중 가장 타격이 큰 것은 자금을 대고 있는 유종상단이라고 볼 수 있다.

무력은 어떻게든 할 수 있다고 하지만, 종리세가의 자금은 그 한계가 명백히 있기 때문이다. 유종상단에 맞서기 위해서는 자금부터 확보할 필요가 있어 보였다.

'하지만 자금을 지금 당장 구할 방법이 없어.'

하다못해 유종상단을 견제할 만한 수단이라도 있었으면 좋으련만…… 마땅히 없으니 그것이 문제다.

종리세가는 흑수가 개발한 물건을 판매하는 것이 전부이지만, 유종상단은 다양한 것들을 취급하기 때문이다.

품목 면에서도 한계가 있으니 밀릴 수밖에 없는 상황인 것이다. 그렇다고 다른 것들을 취급하기에는 문제가 많았다.

'그렇게 되면 정말 해경상단에서도 가만히 있지 않겠지.'

해경상단이 끼어들지 않아 주는 것만으로도 다행이라고 생각한다.

종리세가의 편에 서 주면 더할 나위 없이 든든해질 것이다. 그러나 그들은 현재 중립을 유지하면서도 저울질하고 있을 게 분명했다.

상단의 입장에서는 어느 쪽 편에 서야 할지 저울질할 수밖에 없다. 그것을 가지고 뭐라고 하지 않는다.

종리세가도 해경상단의 입장이었으면 분명 저울질을 할 수밖에 없었을 테니까.

"힘들구나, 힘들어."

어떻게 해도 문제다. 종리추는 이 기회에 싹 갈아엎어 버리겠다는 의지를 표명하고 있다.

그들이 무너지든, 종리세가가 무너지든 둘 중 하나를 택하겠다고 한다. 협상도 없다. 그들이 정말 말도 안 되는 조건을 내거니 종리추를 말릴 수도 없었다.

종리세가의 장로들과 간부들도 이제 종리추와 같은 의견으로 통일했다. 누구 하나 죽을 때까지 멈추지 않을 기세였다.

광동에 머지않아 피바람이 불겠구나 생각하고 있을 때, 그녀의 방문 앞에서 한 무인의 목소리가 들려왔다

"아가씨. 전서구가 날아왔습니다."

"어디서 온 거죠?"

"유종상단을 감시하는 감시자에게서 온 겁니다."

"들어오세요."

그녀의 허락이 떨어지자, 무인이 안으로 들어오며 서찰을 건네 주었다.

모름지기 싸움에서는 첩보전이 중요하다. 예전에 세작을 심어 두었고, 그들로 하여금 상황을 보고 받았다. 아마 그들도 종리세가 내부에 세작을 심어 놓았을 것이다.

종리연은 서찰을 펼쳐 보았다. 그런데 서찰에는 정말 뜻밖의 내용이 적혀 있었다.

"……지금 유종상단은 안주인이 운영하고 있다고?"

그녀가 알기로는 유종상단의 주인인 주철피에게 외동딸이 하나 있다. 여인이지만 핏줄은 못 속이는지 수완이 좋다고 소문이 자자했었다. 또한 개인적으로 종리연과도 잘 아는 사이였다. 일로도 만났고, 사적으로도 만났다. 그런데 그런 그녀가 아닌 안주인이 운영하고 있다니.

분명 정실은 몇 달 전에 사고로 죽었고, 이제는 첩만 남은 것으로 알고 있다. 그렇다면 정실의 죽음 이후 그 첩이 정실이 되면서 유종상단을 좌지우지하고 있는 걸까?

"게다가 유종상단 주인의 옆을 항상 보좌하던 장로들도 비리로 죄다 쫓겨나고 주혜연을 조사 명목으로 외진 곳으로 유배 보내듯 쫓아 버리고…….”

보아하니 유종상단은 아무래도 정실이 된 첩의 손아귀에 있는 것 같았다. 그것이 아니라면 지금까지 좋은 관계를 유지했던 유종상단이 갑자기 이러는 연유를 설명할 길이 없었다.

그녀가 아는 바, 주혜연이나 주철피는 절대 이럴 사람이 아니라는 것도 그러했다. 신용을 중시하고, 무엇보다 신뢰를 쌓은 자들끼리는 돕고 사는 것이 도의라는 말을 할 정도다. 종리세가에서 도운 적도 있기에 신뢰는 두터운 편이었다. 그런 그곳이 대충 어떻게 해서 자신들을 배반하게 된 것인지 이제 알 것 같았다.

지금에서야 이 사실을 안 것은 아직 주철피가 살아 있고, 모든 업무를 그의 이름으로 진행하고 있다 보니 사태 파악이 어려웠기 때문이었다.

‘지금은 세작을 심기에 힘들고, 감시자들을 늘려야겠군.’

현재 가장 위협적인 것은 유종상단이다. 그들이 어떻게 나오느냐에 따라 주천세가와 정가에서도 움직일 것이다.

정가에서 일을 주도하는 것 같더니, 사실 지휘하는 사람은 따로 있던 것 같았다. 한참 생각하던 종리연의 머리에 뭔가가 퍼뜩 떠올랐다. 어쩌면 이게 기회일지도 모른다는 생각이 들었다.

크게 보면 지금 유종상단은 지금 두 패로 갈라져 있다는 뜻이다. 그렇다는 것은 그 틈을 파고들면 어떻게든 이 상황을 유리하게 끌고 갈 수 있다는 것! 풀리지 않을 것 같던 일이 이제 풀리는 느낌이었다.

"혜연이의 행방을 찾도록 하세요."

"예, 아가씨."

*   *   *

주혜연은 흑수와 함께 대장간 안으로 들어왔다. 그제야 제대로 대장간 내부를 본 그녀는 신기한 듯 주위를 둘러보았다.

그녀가 대장간을 보고 느낀 것은 소박하다는 것이었다. 뒤뜰은 넓지만 건물 자체는 그렇게 크지 않았다.

작업을 하는 작업실과 사랑방 그리고 손님방까지. 작지만 충분히 마련되어 있었다. 흑수가 연습용 대도와 검을 창고에 집어넣으려고 열었는데, 그 내부도 잠깐이지만 볼 수 있다.

농기구와 망치 외에 다양한 것들이 잘 정돈되어 있었다.

"이런 곳에서 물건이 만들어지는 것이었군요."

주혜연은 대장간에 처음 와 봤기 때문에 모든 것이 신기했다. 흑수는 창고 문을 잠그고 나서 과일과 함께 차를 가지고 왔다.

"일단 차린 건 없지만 드세요."

"고마워요."

과일을 주는 것만 해도 엄청나다고 느꼈다. 아무리 부유한 집안의 여식이라고 한들 일반적으로 손님에게 과일을 내올 수 있는 사람은 많지 않을 것이다. 마을도 중원 끝자락에 있어 처음에는 약간 편견이 있었지만 생각보다 풍족한 덕분에 그 편견도 사라졌다. 대장간은 다른 곳보다 더욱 풍족하게 느껴졌다.

"그런데 어디서 오신 거예요?"

어디의 무인인지는 자세히 모르는 표정이다. 하기야, 무인도 아닌 그녀가 사천성의 신녀문의 무인을 언제 보았겠는가.

"신녀문에서 왔습니다."

"신녀문에서도 찾아올 정도라니. 광동성만 아니라 혹시 천하에 알려진 것 아니세요?"

그다지 그렇게 크게 생각해 보지 않았지만 흑수 스스로도 그런 감이 없잖아 있다고 느끼고 있었다. 광동성의 대장장이라고 하면 광동성 제일의 명장이었냐며 놀라는 기색이 있기 때문이다.

'용봉 비무 대회에서 망치로 무기를 부숴서 다들 날 조사한 거겠지만.'

대력추와 묘수신장이라는 별호가 생긴 덕분에 더 유명해져 버렸다. 상당히 골치 아픈 일이기도 했다. 다행히 무인들이 자신과 비무를 하자고 여기까지 찾아오지 않은 것만 해도 천만다행일지도 모른다.

계속 귀찮게 찾아왔으면 일에도 방해가 되기 때문이다.

"보아하니 꽤 있는 집에서 오신 것 같은데. 이 마을에는 어쩐 일로 오신 거죠?"

"……."

잠시 침묵하는 주혜연. 그녀는 어떻게 말할까 살짝 고민했다가 고개를 저었다.

"저희 집이 상인 집안이거든요. 시장성을 보고, 경험도 해 봐야 한다면서 쫓겨나듯 나오게 됐어요. 좀 오랫동안 있어야 할 것 같아서 집도 구한 거고요."

"……그런가요?"

거짓말은 하는 것 같지 않지만 흑수는 살짝 의심스러운 눈치였다. 말을 곧바로 하지 않은 것도 그렇고, 이런 외진 마을까지 조사하러 오다니. 시장성을 따지면 차라리 성도를 집중적으로 파고드는 것이 좋을 텐데 말이다.

'아냐. 틀린 말은 아니지. 시장성보다는 경험을 하게 하는 것이 목적 같으니까.'

그것에 대해서는 깊게 생각하지 않기로 했다. 정말 시장성도 조사한다면 성도만 아니라 구포현의 시장에 많은 물건이 공급될 수 있다는 뜻이니까. 좋은 일이라고 생각하면 그만이었다.

"그리고 이곳의 대장간에 호기심이 간 것도 발명품 때문이고요."

"그런가요? 애석하게도 종리세가와 계약이 되어 있어 허락 없이 다른 곳에 물건을 납품하지 못하지만요."

"네, 시장을 조사하면서 들었어요. 저도 깔끔히 포기한 상태예요."

사전 조사로 이미 다 알고 있는 사항이라 계약하자고 찾아갈 수 없었다. 아마 계약으로 묶여 있지 않았더라면 오래전에 움직여서 그를 포섭하려고 했을 테니까.

"그래도 이 기회에 인연을 만들어 둘까 생각도 있어요. 사람 일은 모르는 거잖아요. 인연을 만들어 뒤서 손해 볼 건 없다고 생각해요."

장난으로 하는 말 같기도 하지만 어느 정도 진심이 있다는 것이 느껴졌다.

"오늘 처음 보는 사이이고 대화한 지 아직 일다경도 안 지났는데, 인연을 만들어 두려고 얘기한다는 것은 속물로 보이는 거 아세요?"

주혜연이 미소를 지었다.

"상인에게 속물로 보인다는 말은 최고의 칭찬이에요."

흑수가 피식 웃었다. 상인은 물건을 팔고, 돈을 번다. 확실히 속물로 보일 테니 칭찬이 맞을지도 모르겠다.

'여자라고는 해도 상인의 피가 흐른다는 거겠지?'

여자라고 무시하는 것은 아니다. 나름 존경스럽기까지 했다. 저런 가녀린 몸으로 직접 움직이며 조사하는 것을 보면 대단하다는 생각도 들었다. 무엇보다 웃으면서 한마디도 지지 않으려는 것을 보면 확실히 상인의 체질 같다는 생각은 들었다.

'인연을 만들어 둔다고 해도 과연 내가 활용을 할 수 있을지는 뒷전이지만…….'

설용미의 마수가 두려워서 눈치를 보는 그녀다. 상단을 다시 되찾고 싶은 마음은 크지만, 거의 불가능에 가까웠다.

설용미만 아니었으면 그녀도 적극적으로 뭔가 인연을 만들려고 노력했을 것이다. 지금은 인연을 만든다기보다 그저 호기심에 방문해 봤다는 말이 적절했다.

"상인이라니. 대단하네요."

"실제로 행할 수 있는 일은 거의 없지만요."

그럴 생각도 없었다. 지금 상태의 유종상단에 뭔가 도움을 주기는 싫다는 것이 그녀의 생각이었다.

설용미는 말로는 자신에게 넘기겠다고 하고서는 넘길 생각이 전혀 없었기 때문이다.

설사 넘긴다고 해도 허수아비에 불과할 뿐이다. 그럴 바에야 차라리 도움을 아예 안 주고 말 것이다.

'아버지가 세운 상단이야. 그년에게 넘어갈 바에 무슨 수를 써서라도 내가 무너뜨리겠어.'

무너뜨리지 못한다 하더라도 어느 정도의 타격을 입히는 것만으로도 충분하다. 마음은 그렇지만, 그게 쉽게 될 일은 아니다. 설용미는 유종상단 그대로를 지닌 반면, 주혜연은 가진 것이 아무것도 없었다. 이 집과 근근이 주는 생활비가 전부다.

그 생활비도 부족한 판국이라, 아껴 가면서 써야 했다. 몰래 챙겨 둔 돈이 있어 아직까지는 버틸 만하지만, 그것도 두 달 안으로 다 떨어질 것이다. 예기치 못한 상황이라 서글퍼지는 것은 어쩔 수 없었다.

"……"

아주 잠깐이지만, 그녀의 표정이 좋지 않다는 것을 보고 흑수가 생각했다.

'뭔가 사연이 있는 모양이네.'

그것도 좋지 않은 사연이. 그러나 흑수는 구태여 그것을 묻지 않았다.

오늘 처음 본 사람에게 사연을 말해 달라고 할 정도로 그는 오지랖이 넓지 않았다. 자신이 아는 사람이 곤경에 처해 있다면 또 몰라도 말이다. 친하지도 않은 데다가 감추는 것도 많은 사람에게 구태여 먼저 도움을 주는 성격이 아닌 것이다.

"……."

그리고 백화령도 주혜연의 표정을 보았다. 상인 집안이라고 했지만 살짝 의심스럽기도 했다. 사연이 많은 표정이지만 숨기는 것이 너무 많다. 의도적으로 접근한 것이 아닌가 하는 생각도 들었다.

'사안이 사안인 만큼 어느 정도 조사하도록 해야겠어.'

조심해서 나쁠 것 없었다. 정말 별것 아닌 일일지도 모르지만 혹시 모르는 일이다. 조사해서 나쁠 것 없으리라 생각하고 호위 무사들에게 따로 조사토록 하기로 했다.

*　　　*　　　*

노을이 질 무렵, 주혜연은 소소와 함께 대장간에서 나와

헤어졌다. 이야기는 많이 한 편이지만, 기분 좋은 대화는 거의 없었다.

"나를 의심하는 눈초리였지?"

흑수는 뭔가 있는 것 같다는 정도지만, 백화령은 아니다. 표정을 숨긴다고 했지만 무인들의 눈은 속이지 못하는 것 같았다.

잠깐 내비치는 것만으로도 금방 알아차려 버렸다. 가시방석이 이런 느낌일까. 기분 좋은 만남은 아니었다.

소소는 그나마 친절하게 대해 줬지만, 흑수와 백화령은 어느 정도 거리를 벌리며 대했다.

'유종상단의 사람이라는 걸 알고 있는 걸까?'

그건 아니라고 생각했다. 유종상단의 사람이라는 것을 알았다면 그녀가 오는 즉시 쫓아냈을 것이다. 무엇보다 여기까지 오면서 성도에서 왔다는 말은 했지만 유종상단이라고 언급한 적은 단 한 번도 없었다. 조사를 해 본다면야 금방 알 수 있겠으나, 오늘 처음 만났는데 벌써부터 알 것 같지 않았다.

'힘들구나.'

그녀는 깊은 한숨을 몰아쉬며 마루에 앉아 처마 기둥에 등을 기대었다. 이 마을에 온 지 얼마 되지 않았지만, 혼자 있으려니 적적했다.

무엇보다 설용미의 감시자들이 어디에서 감시하고 있을 거라고 생각하니 찜찜했다. 그녀의 눈에는 보이지 않지만…… 분명 멀지 않은 곳에서 하루 종일 감시하고 있을 게 뻔했다.

설용미는 독사와 같은 여자다. 언제든 자신을 물어뜯을 수 있게 준비를 하고 있을 것이다.

속마음을 터놓을 사람도 없다는 것에 쓸쓸해졌다. 도와주지 않아도 되니까 자신의 속마음을 터놓을 상대가 있었으면 좋겠다고 생각했다. 하지만 그것은 불가능한 얘기다.

'나 혼자서 해결하는 방법밖에 없구나.'

상황이 여의치 않으니 더더욱 암담하다. 어떻게 해야 할지 생각해도 해결점이 보이지 않는다. 어디서부터 시작해야 할지는 더더욱 아리송하다.

"이런, 아가씨 오셨습니까?"

벌컥! 그녀의 방이 열리며 누군가의 목소리가 들려왔다. 그녀가 뒤를 돌아보니 익숙한 이가 있었다.

"……지부장?"

주혜연이 인상을 찌푸렸다. 행동파가 아닌 그가 이런 곳에 있다는 놀라움보다 자신의 방에서 나왔다는 것에 기분이 나빴다. 무엇보다 그는 신발조차 벗지 않고 들어가 있었다.

"아가씨가 하도 오시지 않아 잠시 안에서 쉬고 있었습니다. 결례를 용서해 주시지요."

"……."

박가는 능글맞게 웃으며 고개를 숙이고 있었다. 사과하는 분위기가 아니었다.

그저 그녀의 신분에 맞춰 주는 것으로만 보였다. 순식간에 힘을 잃게 되니 이렇게 사람이 달라질 줄이야. 윗사람에게 아부하는 것은 예전부터 알았지만 이렇게 앞뒤가 다를 줄은 상상도 못 했다. 예전부터 마음에 들지 않았지만 아버지는 왜 이런 사람을 쫓아내지 않았을까. 일단 진정하기 위해 속으로 깊은 한숨을 내쉬면서도 태연한 척 물었다.

"무슨 일로 오셨죠? 돌아오라는 건 아니겠죠?"

돌아오라고 해도 갈 생각은 없다. 설용미와 마주치고 싶지 않다는 것이 현재의 심정이다.

"예, 안주인님께서 그런 말씀은 없으셨습니다. 혹 생활하는 것에 지장이 없는지 확인하라 하셨습니다."

생활하는 것에 지장이 없을 리가 있겠는가. 그녀는 혼자서 생활해 본 적이 단 한 번도 없다. 요리도, 설거지도, 빨래도, 청소도 전부 처음이다. 본 것이 있기 때문에 하는 법은 알고 있지만, 머리에 털 나고 단 한 번도 해 본 적이 없

기 때문에 꽤 힘들 수밖에 없었다. 하지만 그것도 유종상
단에 있는 것보다 훨씬 낫다.

"없다고 전해 주세요."

"아가씨께서는 똑 부러지시는군요. 과연 훗날 유종상단
을 이끌어 가실 재목이십니다."

아부해 봤자 소용이 없다. 진심이 느껴지지 않는 데다
이미 설용미의 심복이나 다름이 없는 박가다.

'간신배 같은 놈.'

아버지가 만일 병상에 누워 있지 않았다면 진지하게 건
의했을 것이다. 그러나 지금은 그것이 불가능하다. 현재는
박가가 권력을 더 쥐고 있는 실정이니 말은 다한 셈이다.
주혜연은 형식상 후계자이지, 할 수 있는 것이 아무것도
없다. 만일 하려고 들면 설용미가 그녀를 해코지할 게 분
명했다.

"하지만 안주인님께서는 생각이 다르신 것 같더군요. 잡
일을 도울 시녀들을 데리고 가 달라고 하셨습니다."

그리고 그녀의 방에서 시녀 두 명이 뒤따라 나왔다. 유
종상단에서 시녀로 있는 자들이었다.

"아가씨가 오시기까지 곳곳을 깔끔히 청소해 놓았습니
다. 앞으로 잡일은 모두 시녀들에게 시키시면 될 겁니다."

"……."

주혜연의 인상이 찌푸려졌다. 누군가와 함께 있는 것은 불편하다. 특히 설용미가 보낸 자들이라면 더더욱 그러하다.

'내 옆을 하루 종일 감시하겠다는 건가?'

필요 없다고 해 봤자 분명 나가지 않을 게 분명하다. 억지로 쫓아내기는 쉬운 일이지만, 그건 그것대로 문제가 컸다.

'분명 혼나는 것으로 끝나지 않겠지.'

시녀들이 어떻게 움직이는지 잘 알고, 그 안에서 어떤 일이 벌어지는지 훤히 파악하고 있는 주혜연이다.

크게 혼나는 것이면 다행이지만, 일을 제대로 못 해서 쫓겨났다는 오해가 생기면 유종상단 자체에서 쫓겨날 수 있었다.

'시녀가 감시자인 것은 조금 꺼림칙하지만, 반대로 내가 이용할 수도 있을 거야.'

감시자도 사람이다. 그렇다면 주혜연이 오히려 그것을 역이용하고, 거짓 정보를 흘리게 하는 것도 가능하리라 보았다. 그러기 위해서는 시녀들에게도 환심을 사야 한다는 결론이 나왔다.

'게다가 내가 잘 아는 시녀도 왔고 말이야. 충분해.'

그것은 자신이 있는 일이었다. 상인의 피를 이어받은 그녀는 사람의 환심을 사로잡기 위해 무엇이 필요한지 잘 알고 있다. 이렇게 하나둘씩 헤쳐 나아가다 보면 분명 설용미를 견제할 수단을 언제고 마련할 수 있을 것이다.

그러나 이것은 주혜연의 크나큰 실책이었다. 만일 시녀들 중 살수가 있다는 것을 알았더라면 이런 결정을 내리지도 않았을 것이다. 하지만 그것을 모르는 그녀는 자신감 넘치는 표정으로 박가를 바라보았다.

"설용미한테 전하세요."

설용미를 어머니로 인정한 적이 없다. 겉으로는 상냥하게 대하면서 속으로는 칼을 감추고 있는 것이 설용미이기 때문이다. 게다가 자신을 쫓아내고 유종상단을 자신의 것으로 만들고 있다. 그녀의 심복이나 다름없는 박가가 달가울 리 없고, 만나기도 싫었다.

"산에 올라가는 건 어려운 법이라고."

그녀가 무슨 뜻에서 그런 말을 하는지 깊게 생각해 보지 않아도 되었다.

"그럼 그리 전달하겠습니다, 아가씨."

"피곤하군요. 이만 가 보도록 하세요."

박가가 인사를 하며 돌아갔다. 주혜연은 자리에 털썩 주저앉았다. 너무 성급하게 말했나 싶었다. 뒤늦은 후회가 들었다.

"후우…… 그래도 속은 시원하네."

어지간히도 멍청하지 않은 이상 자신의 말뜻을 알아차릴 것이라고 생각하니 절로 미소가 지어졌다. 설용미가 어떤 표정을 지을지 상상이 되었다. 사실 자신이 설용미의 손바닥에 있다는 것은 까맣게 모른 채……

＊　　＊　　＊

공소미는 유종상단에 채용된 지 삼 년이 조금 넘었으며 주혜연과도 친한 사이였다.

그런 그녀가 이번에 유종상단의 후계자인 주혜연의 곁을 지키는 시녀가 되었다. 하는 일은 간단하다. 평소 하던 것처럼 빨래, 청소, 요리를 하면 되는 것이다.

평소에 하는 것과 다를 바 없으니 어려울 것도 없다. 게다가 주혜연이 임시로 거처하고 있는 집은 그렇게 넓지 않았다. 유종상단에서 하던 것에 비하면 일 거리가 확 줄어든 것이다.

박가도 그 이상 바라지 않았다. 그저 주혜연의 곁을 항상 지키고, 아가씨에게 무슨 일이 생기거든 보고를 하라는 것이 전부다.

그러고 보니 이제 슬슬 저녁밥을 먹을 준비를 할 시간이 됐다. 그녀는 청소를 끝내고 바로 식사 준비를 위해 부엌으로 향했다.

"이제 요리를 해야 되는데…… 벌써 하고 계셨어요?"

공소미는 자신과 함께 온 또 다른 시녀에게 다가갔다. 자신의 또래로 보이는 여인이지만 말을 걸면 자연스럽게 존댓말이 튀어나왔다. 대하기가 정말 어려웠다. 이름이 아마 초린이라고 했던가?

자신과 마찬가지로 흔하다면 흔한 이름이었다. 시녀는 언제부터인지 벌써부터 재료를 손질하고 있었다. 공소미는 시녀가 다듬은 재료를 바라보았다. 그녀가 손질한 껍질은 신기하게도 먹을 것은 거의 깎아 내지 않았다.

"신기하네요. 어떻게 하면 이렇게 깔끔하게 깎을 수 있어요?"

"……."

"혹시 요령을 알려 주실 수 있나요?"

"……."

초린은 말이 없이 그녀와 눈을 마주쳤다. 말 걸지 말라는 표정이다. 뜻이 전해지자, 초린이 다시 재료를 손질하는 것에 열중한다. 공소미는 인상을 찌푸렸다.

'뭐야, 진짜. 사람 무시하는 거야?'

같이 온 시녀는 이름만 알지, 자세히 모른다. 초린이 채

용된 지 일주일밖에 되지 않아 서로에 대해 잘 모르는 것도 있었지만, 가까이 다가갈 수 없는 무언가가 느껴져 말을 잘 걸지 않았기 때문이다.

들어온 지 얼마 되지 않은 사람에게 무시 받았기 때문인지 기분이 나빠지려고 했다. 시녀들끼리는 위계질서야 따질 게 못 되기는 하지만 무시 받는 건 절대 참지 못했다. 공소미가 나서서 한마디 하려고 할 때, 마침 그녀가 대답했다.

"내가 하겠다."

"네?"

"세 명의 것만 만들면 그만이니까 괜찮다. 넌 가서 다른 일을 찾아보도록."

초린은 정말 딱딱한 말로 서로의 거리를 벌리면서 자신의 할 일을 정했다. 일을 안 하는 것도 아니었다. 물을 길어 오고, 빨래도 하고, 청소도 같이 한다. 게다가 저런 몸으로 힘쓰는 일을 자주 했다. 체력도 엄청나게 좋았다.

"저야 상관은 없는데 괜찮아요?"

"아가씨의 입맛은 까다롭다고 들었다. 네가 해 봤자 욕만 들을 뿐이다."

"너무한 거 아니에요?"

"다른 시녀들에게 듣기로 넌 요리를 못 한다고 들었다."

"윽!"

공소미가 상당히 찔리는 표정으로 한 걸음 물러났다. 자신이 요리를 얼마나 못하는지 잘 알고 있다. 그렇기 때문에 그녀의 말에 반박하지 못했다. 그래도 그렇게까지 말할 필요는 없지 않느냐는 표정으로 바라보았다.

초린은 시선을 이쪽으로 주지도 않았다. 한동안 같이 지낼 사이끼리, 유종상단에 돌아가서도 얼굴을 마주칠 텐데 이렇게 거리를 벌리다니. 초린을 이해할 수 없는 공소미였다.

'어쨌든 일을 대신 해 준다니 난 편하지만……'

그래도 완고히 거절하니 다른 일을 하기로 하고 부엌을 둘러보았다. 뭔가를 찾으려는 그녀가 시선을 다른 곳에 두자 초린이 흘깃 바라보았다.

"식사 전 아가씨께 차를 가져다주면 된다고 들었다. 아가씨는 식사 전 차를 반드시 마시는 습관이 있다지?"

"잘 아시네요?"

"들었으니까."

그러더니 그녀는 부엌 한편에 놓인 주전자를 꺼내 그녀에게 건넸다. 주전자 입에서 김이 모락모락 나오는 것을 보니 미리 준비했던 모양이다.

"제가 할 일을 없애 주셨네요."

"하는 김에 같이 한 거다."

공소미가 흥! 하고 콧방귀를 뀌며 주전자와 찻잔을 쟁반에 담아 주혜연에게로 향했다. 그녀가 부엌 밖으로 나가고, 초린은 아무 일 없었다는 듯 다시 요리를 시작했다.

*　　*　　*

"상태는 어떻지요?"

유종상단. 설용미는 주철피의 침실 밖에서 의원을 만났다. 의원이 한숨을 푹 내쉬었다.

"상태가 점점 악화되고 있습니다. 이대로라면 정말 얼마 가지 못할 겁니다."

"말씀해 주세요. 제 남편에게 필요한 약값을 모두 지불하겠어요."

애절한 마음으로 의원의 손을 잡았다. 누가 보더라도 병든 지아비를 걱정하는 지어미의 모습이다.

유종상단의 장로들만이 식솔들도 그 모습을 지켜보고 있었다.

"한 가지 확실한 방법은 마음의 병을 치료하는 겁니다. 부인께서 옆에서 잘 보살펴 주셔야 할 것입니다. 마음의 병이…… 상당히 심하십니다. 부인께서도 고생이 많으실 겁니다."

"고생이라니요. 병상에 누워 괴로워하고 있는 제 남편에 비하면 이 정도는 아무것도 아니지요. 전 평생 수발을 들 각오도 하고 있어요."

세상에 자신의 남편을 이리 지극정성으로 보살피다니. 열녀(烈女)라는 말은 이럴 때 사용하는 말이라며 식솔들이 뒤에서 웅성거렸다.

"크흠! 그렇다면 제가 할 일은 없습니다. 부인께서 마음을 보듬어 주시는 것뿐입니다."

"무슨 말이세요, 의원님. 의원님께서는 자주 오셔서 상태를 봐주세요."

설용미가 덥석 의원의 손을 잡았다. 그리고 의원의 손에 묵직한 전낭이 들렸다.

"부인, 이것은……."

보통 묵직한 것이 아니었다. 그 묵직함에 의원도 다소 놀란 표정이었다.

"허허, 이러시면 곤란합니다."

"아무 말씀 마시고 가져가 주세요. 성의라 생각해 주세요. 그리고 앞으로도 잘 부탁드려요."

"크, 크흠! 알겠습니다. 이번만 받겠으니 다음에는 주지 마십시오."

의원이 다시 헛기침을 하며 전낭을 품속 깊이 집어넣었다. 의원이 떠나고, 설용미가 살짝 눈물을 보였다.

"안주인님."

장로 중 한 명이 그녀에게 다가오자, 그녀가 황급히 눈물을 훔쳤다.

"식솔들이 가까이 오지 못하도록 해 주세요. 또한 주위가 소란스럽지 않도록 주의해 주시고요."

"예, 안주인님."

"다들 물러가 주세요. 급한 일이 있거든 사장로에게 맡겨 주세요."

사장로는 주철피의 측근 장로 중 한 명이다. 쫓겨난 다른 장로들과 달리 사장로만 유일하게 유종상단에 남아 있었다. 새로운 장로들에게 맡기지 않고 사장로에 맡긴다는 것에 다들 더욱 웅성거렸다. 하지만 오랫동안 웅성거리지 않았다. 식솔들은 주철피가 안정을 취할 수 있도록 바로 물러갔다.

모든 이들이 물러가고, 주위가 조용해지자, 그녀가 조심스럽게 병상으로 들어왔다. 방은 빛이 들어오지 않도록 어둡게 유지하고 있었다. 설용미는 그의 앞에 앉아 손을 잡았다. 그 모습은 영락없이 남편의 쾌유를 비는 아내의 모습이었다.

　　　　　*　　　*　　　*

　며칠 후, 농기구를 만드는 일상으로 복귀한 흑수가 잠시 쉬려고 마당에 나왔을 때였다. 그가 나오기를 기다렸다는 듯 백화령이 그에게 다가왔다.

　"소협. 종리세가에서 서찰이 도착했습니다."

　"서찰이요? 무슨 일로 보냈을까요?"

　백화령은 자신도 모른다는 듯 고개를 저었다. 그에게 온 서찰이니 뜯어보지 않은 것이다. 흑수는 그녀에게 전달받은 서찰을 펼쳐 보았다.

　　흑수 님. 종리연입니다. 유종상단 내에서 급변이 일어나 서찰을 보냅니다. 유종상단의 주인인 '주철피'가 현재 병상에 누워 있으며 평생 그와 함께했던 장로들이 쫓겨났다고 합니다. 몇 달 전부터 이상한 징후가 있었는데, 주철피가 새로 들인 첩인 '설용미'와 관계된 일로 판단됩니다. 또한 유종상단의 후계자인 '주혜연'이 구포현에 머물고 있다는 정보를 입수했습니다.

　　상황을 보면 현재의 유종상단은 설용미가 주도

하고 있다고 판단됩니다. 혜연이는 이 일과 관련
이 없어 보이나, 혹시 모르니 주의해 주시기 바랍
니다. 혜연이는 여인의 몸임에도 남성들보다 뛰
어난 수완을 얻는 상인입니다. 어떤 일을 꾸미고
있을지도 모르니 조심하십시오.

—종리연.

'흠…… 유종상단 내부가 시끌벅적하다는 얘기로군.'

종리연의 서찰을 요약하자면 현재 내부에서 혼란스러운
상태이며 만일에 대비해 주혜연을 감시해 달라는 것이었
다. 하루 종일 감시하는 건 불가능해도, 이상한 행동을 취
하면 그 정보를 보내거나 상대가 무언가를 꾸몄을 때 미리
막는 것쯤은 할 수 있었다.

"그나저나 주혜연이 유종상단의 후계자였다니. 조금 놀
라운 일이네요."

상인 집안이라고는 했지만 설마 유종상단의 후계자였을
줄이야. 숨기는 것이 많아서 가까이 대하지는 않았지만,
그래도 조금 놀란 것은 사실이다.

"소협. 실은 저도 주혜연에 대해 따로 알아보았습니다."

"소문주님은 진즉에 알고 계셨어요?"

"어제 알게 된 사실입니다. 소협께 말할까도 생각했지

만, 일단 지켜보는 것이 좋겠다 생각했습니다. 종리연 아가씨가 보낸 것처럼 켕기는 일이 한두 가지가 아니었으니까요."

종리연의 서찰 내용도 그렇고, 지금 백화령이 하는 이야기를 들어 보면 확실히 주의를 기울일 필요가 있었다.

"뭐가 그렇게 켕긴다는 거죠?"

"첩과 관련되어서 꽤 말이 많은 것 같습니다. 설용미를 첩으로 갑자기 맞이한 것은 그렇다 치지만, 공교롭게도 그녀가 유종상단에 들어오고부터 일이 이상하게 돌아가더군요. 정부인은 마차 사고로 사망하고, 그 충격으로 유종상단의 주인이 쓰러졌습니다."

"그게 이상한 건가요?"

사랑하는 아내가 갑자기 불의의 사고로 세상을 떠났다면 큰 충격을 받았을 것이다. 그러니 그렇게 이상한 일은 아니었다. 하지만 백화령의 말은 끝나지 않았다.

"그것뿐이면 이상하지 않겠지요. 하지만 그 전부터 유종상단에 이상한 기류가 생겼더군요. 설용미를 지지하는 사람들이 늘어난 겁니다. 또 주철피가 쓰러진 후, 수많은 장로들이 쫓겨났다고 하더군요. 현재 유종상단의 장로 팔 할이 설용미가 등용한 자들입니다."

"그건…… 흔치 않은 일이로군요."

다른 사람도 아니고 첩을 지지하는 사람이 늘어난다는 것은 보기 드문 일이다. 이런 일이 벌어질 것을 미리 알지 않는 이상 불가능한 일이다.

"아직 완전히 파악된 것은 아니라서 이것이 진실이라고 보기 어렵습니다. 다만, 확실한 것은 설용미가 유종상단을 쥐고 있다는 것만큼은 사실이지요."

"그쪽은 그쪽 나름대로 복잡한 사정이 있네요."

그쪽 상황이 복잡한 것이야말로 좋은 일이었다. 종리세가를 견제하는 곳이니 상황이 복잡하면 복잡할수록 종리세가에서 여유가 생길 테니까. 종리세가에서는 그것을 돌파구로 생각하고 있지 않을까 하고 생각했다.

쾅쾅쾅!

"계세요? 안에 누구 없어요?!"

누군가 대문을 두드렸다. 흑수와 백화령의 시선이 대문으로 향했다. 다급한 목소리여서 흑수가 대문을 열었다.

"누구세요?"

"도, 도와주세요. 제발 아가씨를 도와주세요!"

앞뒤 말 없이 도와 달라고 하면 누구라도 일단 진정하라고 할 것이다. 허나 흑수는 그 말을 할 수 없었다. 여인은 한 여성을 업은 채 애타게 도움을 요청하고 있었기 때문이다.

그 여인은 흑수에게도 익숙한 사람이었다.

* * *

'요즘 왜 이러지?'

주혜연은 최근 점점 몸이 이상해지는 기분이었다. 보름의 시간이 동안 멍하니 있는 날이 많아지고, 몸이 나른해지는 것 같았다. 또한 잠도 많아졌다.

이것저것 생각한다고 피로가 많이 쌓인 건가 하고 생각하며 오늘은 발걸음을 과수원으로 향했다.

소소를 만나기 위해서였다. 소소는 오늘 과수원의 일을 돕는다고 대장간으로 가지 않고 집에 남아 있었다.

"오셨어요?"

방금 전 일을 마친 듯 소소가 그녀를 반겨 주었다. 주혜연이 빙긋 웃으며 고개를 끄덕였다.

"어디 안 좋으세요?"

"아뇨. 피로가 좀 쌓였을 뿐이에요."

주혜연은 손을 저었다. 바쁘게 이곳저곳 돌아다니다 보면 이런 일은 흔히 겪었다. 이번에는 마음고생을 하면서 생긴 것이라 생각했다. 여전히 현재 진행형이기는 하지만 곧 괜찮아지리라 생각했다.

"과수원에 있는 상품들을 보려고 왔어요."

빈말이 아니라 그것은 정말이었다. 마을에 과일들이 다른 마을보다 훨씬 저렴하게 판매되고 있는데, 전부 소소네 과수원에서 출하한 것이기 때문이다.

싸다고 맛이 없는 것도 아니었다. 다른 상품들에 비해 오히려 달고, 향도 강했다. 충분히 상품으로 받아 판매해도 될 정도였다.

"아, 일 때문에 오신 거군요?"

"네."

나중에 유종상단을 되찾고 나서 이 마을에서 봐 둔 것을 거래할 생각이다. 그것이 상당히 적기는 하지만, 훗날 얻을 이익을 생각하면 나쁘지 않다는 결론이 나왔다.

지금 당장은 무리라고 해도 일단 눈도장을 찍는 것이 중요하다고 생각한 것이다.

무엇보다 무당의 제자인 소소와 친해지는 것도 크게 한 몫을 하게 될 것이라고 보았다. 인연이란 것은 쌓아서 나쁠 것이 없었다. 상인에게 필요한 것 중 하나가 인맥이다. 때로는 인맥으로 덕을 보는 사람도 적잖아 있었다.

'굳이 이것이 아니라도 만나고 싶은 사람이기는 하지만.'

일이 제대로 되지 않는다 하더라도 소소는 사람을 끌어

들이는 힘이 강했다. 쾌활하고, 바른 심성 덕분인지 사람을 끌어당겼다. 이유 없이 같이 있고 싶고, 같이 있으면 마음이 편해지는 사람이 있지 않은가. 그것에 가장 부합되는 사람이 소소였다.

"잘 오셨어요. 뭐…… 내올 건 과일밖에 없지만요."

"저는 괜찮아요."

"잠시만 기다려 주세요."

소소는 듣지도 않고 과일을 가지러 들어갔다. 멋쩍게 웃었다. 옆에는 공소미도 같이 따라와 있었다.

"아가씨. 안색이 많이 좋지 않으신데 괜찮으세요?"

"……"

공소미는 그녀를 걱정해 주었다. 초린은 침묵으로 그녀를 바라볼 뿐이다.

옆에서 말을 붙여 주는 공소미는 그녀를 진심으로 걱정해 주는 듯하지만, 초린은 자신의 앞에서는 아무 말도 안하고 묵묵부답이었다. 오히려 그것이 조금 더 의심스러웠다.

'초린은 분명 감시자가 맞긴 하겠지만, 공소미는 그것이 좀 옅어 보여.'

조금 어수룩하다고 할까. 시녀로 일도 착실히 하지만 어딘가 한 곳이 부족했다. 뭔가를 시키면 꼭 한 가지를 깜빡

하는 경우가 많았다.

그 때문에 일을 메우는 것은 초린이었다. 초린은 시키면 무엇이든지 해내며 저런 작은 체구에 힘도 엄청 셌다.

두 손으로 낑낑거리며 들고 갈 짐도 그녀는 한 손으로 가뿐히 들고 갔다.

감시자로서는 확실히 안성맞춤이다. 공소미처럼 어수룩한 사람을 감시자로 보내는 건 무리가 아닐까 생각되었다.

아직도 지켜볼 단계이기는 하지만 그녀는 둘을 완전히 믿지는 않았다. 공소미와 어느 정도 친했다 하더라도 혹시 그녀도 설용미의 편으로 돌아섰을 수도 있으니까. 지금은 추측일 뿐, 절대 마음을 주지 않기로 했다. 상대가 미끼를 물기를 기다린다. 그것이 지금 그녀의 생각이다.

잠시 후, 소소가 다시 돌아왔다. 그녀는 사과와 차를 내왔다. 차의 향을 맡은 주혜연은 의아한 듯 고개를 갸웃거렸다.

"차의 향이 독특하네요. 이게 뭐죠?"

"사과 껍질을 달여서 만든 차예요."

"사과 껍질을요?"

사과 껍질도 먹기는 하지만 이번처럼 차로 우려서 내오는 경우는 본 적이 없었다. 그녀가 의아하게 생각하며 바라보는데, 소소가 빙긋 웃었다.

"사과 껍질을 꿀과 함께 넣어 달이면 맛있거든요. 제가 아플 때 할아버지가 많이 만들어 주셨어요."

자신이 아프다는 것을 알고 배려해 준 것이다. 주혜연은 멋쩍게 웃으며 감사를 표하고 차를 마셔 보았다. 처음 마셔 보는 차다. 차라고 하기보다 음료에 가까웠다.

단맛이 오래 지속되는 걸 보면 어린아이들이 많이 좋아할 만한 맛이었다. 그렇다고 그녀의 입맛에 안 맞는다는 것은 아니다. 주혜연도 단맛을 좋아했다.

"그런데 오늘은 무슨 일로 오셨어요?"

소소의 물음에 차를 마시던 주혜연이 찻잔을 조심스럽게 내려놓았다.

"과수원에서 나오는 사과를 보려고 왔어요."

"아, 구입하시려고요?"

"구입하려는 건 아니에요. 확인을 하려고 온 거예요."

"무슨 확인이요?"

"상품의 질과 상품성이죠. 또 혹시 다른 곳과 계약이 되어 있는지도 확인해 봐야죠."

그녀가 알아본 바로는 따로 과수원과 연결된 곳은 없는 것으로 알고 있었다. 거래를 하는 것은 상단이 아닌 일반 상인들뿐이다. 그러나 그것도 혹시 모르는 일이다. 다른 곳과 계약이 된 상태에서 그녀가 나타나서 거래하려고 들면 위험한 일이기 때문이다.

'이 상인이라는 직업은 결코 버리지 못하겠네.'

지금 할 수 없어도 이렇게 직접 발로 찾는 자신을 보며 피식 웃음이 새어 나왔다.

"품질이 매우 좋네요."

빈말이 아니라 정말 좋았다. 사과의 상태가 일품이다. 사과를 크게 베어 물어 보니 과즙이 입 속 곳곳에 번지며 입을 즐겁게 했다. 상품성도 이미 증명된 것이나 다름이 없었다. 이것은 분명 잘 팔릴 것이라고 생각했다. 성도에서도 이렇게 당도가 높은 사과는 보기 드물었다.

한적한 마을에 이런 특급 상품이 있을 줄이야. 지금까지 이 과수원의 존재를 몰랐던 것이 의아할 정도였다. 과수원이라고 해도 그렇게 넓은 것도 아니니 많이 반출하지 못해서 생긴 것이 아닐까 조심스럽게 추측해 보았다.

"호호, 구포현에서 나오는 사과는 맛있어요. 매년 상인들이 직접 찾아와서 사 갈 정도죠."

확실히 이런 사과라면 잘 팔릴 것이다. 신선하고, 맛있고, 무엇보다 달았다.

"나중에 성도에 가시면 소문 좀 퍼트려 주세요."

"네, 그럴게요. 제가 다시 원래 자리로 돌아가면 먼저 이곳부터 찾아올게요."

"호호호! 그럼 감사하죠."

소소가 감사하다며 인사하다가 처음 왔을 때보다 상태가 좋지 않은 그녀를 발견했다.

"그런데 땀을 많이 흘리시는데. 정말 괜찮으세요?"

"그러게요. 몸 상태가 많이 좋지 않네요. 아무래도 이만 가 봐야 할 것 같아요."

"제가 집까지 모셔다 드릴까요?"

주혜연은 손을 저었다. 소소의 호의는 고맙지만, 폐를 끼칠 수 없었다. 무엇보다 그녀에게는 공소미와 초린이 있었다.

"괜찮아요. 소미와 초린이 있으니까요."

확실히 시녀들이 옆에 있으니 괜찮을 것 같다는 생각이 들었다.

'꽤 큰 규모의 상인 집안인 모양이네. 시녀를 둘이나 데리고 다니는 걸 보니까.'

소소는 일단 알았다는 듯 고개를 끄덕이며 그녀를 배웅해 주었다. 과수원에서 나온 주혜연은 거처로 거의 다 와서 거친 숨을 몰아쉬었다.

"아가씨. 정말 괜찮으세요? 같이 약방에 갈까요?"

공소미가 걱정스러운 눈으로 그녀를 바라보았다. 천 가구가 넘는 마을이니 약방쯤은 있을 것이다. 하지만 주혜연은 고개를 저었다. 수중에 가지고 있는 돈이 많지 않았다. 안 그래도 설용미가 보내오는 돈을 점차 줄여 가고 있는 실정이다. 생활비도 점점 모자라는 형편이니 약값에 쓸 수 없었다.

"괜찮아. 피로가 쌓인 것 같아. 좀 쉬면 나을 거야."

"정말 괜찮으시겠어요?"

"괜찮…… 으윽!"

주혜연이 갑자기 고통을 호소하더니 앞으로 꼬꾸라지기 시작했다. 깜짝 놀란 공소미가 그녀를 받아 내며 흔들었다.

"아, 아가씨? 아가씨, 정신 차리세요!! 아가씨!"

말을 마치지 못하고 땀을 쉴 새 없이 흘리던 주혜연이 결국 쓰러졌다.

이마를 만져 보니 열이 펄펄 끓고 있었다. 딱 봐도 심각한 상태라는 것을 알 수 있었다.

그녀는 눈앞에 보이는 언덕으로 시선을 돌렸다. 이곳에서 가장 가까운 곳은 대장간이었다. 올라가는 것은 힘들지만 지금 그것을 따질 때가 아니었다.

"초린! 의원, 의원님을 불러오세요!"

"내게 명령……."

초린이 기분 나쁜 표정으로 한 소리를 하려고 하자, 그녀가 초린을 노려보았다.

"지금 그런 말을 할 때예요? 아가씨가 위독하시다고요. 얼른 약방에 가서 의원님을 모셔 오세요!"

"……."

초린은 그녀의 눈빛을 받아 내고 매섭게 노려보았다. 그녀의 몸이 순간 경직되었다. 태어나서 처음 맞이한 살기에 숨쉬기가 곤란할 지경이었다.

공소미는 왜 이러는 것인지 모른 채 두려움에 떨며 그녀를 바라보고 있었다.

초린은 흥! 하고 콧방귀를 뀌었다. 그리고 호흡이 돌아왔다.

"약방에 갔다 오마. 저 언덕 위를 올라가면 대장간이다. 그곳에서 기다리고 있어라."

초린이 잽싸게 뛰어갔다. 공소미는 놀란 가슴을 진정시키며 주혜연을 업었다.

"아가씨. 조금만 힘내세요."

공소미는 끙끙거리며 언덕을 올랐다.

*　　　*　　　*

"안으로 들어오세요."

공소미의 등에 업히 주혜연을 보고 의이힌 기색을 삼추지 못했다. 흑수는 일단 그녀를 안으로 들이기로 했다.

급한 환자인 만큼 당장 약방으로 가야 하는 것이 정상이다. 허나 이곳에는 의학 지식이 뛰어난 백화령이 있다. 또한 가지고 온 약재와 약초도 몇몇 있기 때문에 한 사람을 치료하는 것에 큰 무리는 없을 것이다.

"소문주님!"

"예, 소협. 일단 방에 눕히도록 하세요."

흑수는 급한대로 종리연이 머물렀었던 방에 들어갔다. 깨끗하게 정돈된 상태였다. 그는 빠르게 움직이며 이불을 펴고 주혜연을 조심스럽게 눕혔다.

"진맥하겠습니다."

일단 진맥을 시작했다. 잠깐 진맥을 보던 백화령이 이상하다는 표정으로 그녀를 바라보았다.

"왜 그러세요?"

백화령은 고개를 저으며 다시 확인을 해 보았다. 혹시 자신이 진맥한 결과가 맞는지 확인하기 위해서다.

'이것은……'

백화령의 미간이 살짝 좁아졌다. 그러나 아무런 티를 내지 않고 담담히 손목에서 손을 놓으며 지연향을 바라보았다.

"연향아. 약재가 남아 있느냐?"

"감초와 당귀, 황기 정도밖에 없어요."

"그 정도면 충분하구나. 황기를 빼고 감초와 당귀로 약을 달이거라."

"예, 사숙!"

백화령의 말에 지연향이 뛰쳐나가며 약탕기를 꺼내 약을 달이기 시작했다.

백화령이 소의침을 꺼내 시침하려는 순간이었다. 공소미가 백화령에게 물었다.

"저…… 죄송하지만 무인이신 것 같으신데, 혹시 의술을 할 줄 아세요?"

급한 마음에 확인도 하지 못했지만, 막상 치료를 시작한다고 하자 그제야 뒤늦게 불안감을 느낀 것이다. 사숙이니 뭐니 호칭 때문에 무인이라고 생각한 것 같았다. 틀린 말은 아니다. 그녀는 무인이기도 하니까. 모르는 이가 약방도 아닌 대장간에서 시침하려고 하니 불안해하는 것도 이해가 갔다.

"조예가 깊지 않습니다만 어떻게 하는지는 알고 있습니다. 의원이 오기 전에 제가 미리 예방 차원으로 해놓겠습니다."

왜 이렇게 겸손하게 대답하는지 모르겠다는 듯 백화령을

바라보는 흑수. 지금껏 그녀는 이렇게 겸손하게 대답한 적이 없었다. 의원이냐고 물으면 신녀문에서 왔다고 했기 때문이다. 신녀문은 의술로 명성이 자자하기 때문에 신녀문에서 왔다고 하면 대답은 충분했다.

'소문주님이 숨기시는 것에는 이유가 있겠지.'

흑수도 이를 간파하고 잠자코 있기로 했다. 분명 무슨 까닭이 있기에 이런 것이리라 생각했다.

"아가씨는 언제 깨어나실까요?"

"심한 것은 아니니 곧 기운을 차릴 겁니다. 혹 매일 아침 피곤한 기색이 있지 않았는지요?"

"네, 맞아요. 매일 기운이 없어 보이셨어요."

"약을 달여 먹으면 원기 회복에 도움이 될 겁니다. 걱정하지 마십시오."

"휴우~"

공소미가 다행이라는 듯 안도의 한숨을 내쉬었다. 혹시 큰일이 나는 것이 아닌가 걱정했던 것이 느껴졌다.

"환자가 안정을 취해야 하니 나가 보십시오. 연향이가 약을 달이고 있을 터이니 옆에서 도우면 될 겁니다. 전 조금 더 상태를 살펴보다가 나가겠습니다. 소협께서는 제 옆에서 도와주시지요."

"네."

공소미가 안도하며 밖으로 나가고, 방 안에는 흑수, 백화령 그리고 누워 있는 주혜연이 남았다.

밖에서 기척이 멀어지자 백화령이 주혜연을 바라보았다.

"일어나셔도 됩니다."

백화령의 말에 주혜연이 눈을 떴다. 그녀는 힘겹게 자리에 앉으며 고개를 끄덕였다.

"감사합니다. 폐를 끼쳤군요."

백화령은 그녀가 중간부터 깨어 있었다는 것을 알았다. 처음 그녀는 진맥을 하면서 이상한 점을 느끼고, 그녀가 가만히 있도록 다시 진맥을 하는 척했다. 그리고 셋이서 할 말이 있다고 그녀의 손목에 손가락으로 글을 썼다. 그녀의 말에 따라 주혜연은 가만히 있다가 이제야 일어난 것이다.

뒤이어 진맥을 하는 것은 평소와 다르다고 생각했는데, 신호를 보낸 것이었다.

"무슨 할 말이 있어서 그런 거죠?"

주혜연은 의아할 수밖에 없었다.

"독에 중독되어 있습니다."

"도, 독이요?"

주혜연이 화들짝 놀랐다. 단순히 피로하다고만 느꼈는

데, 설마 독에 중독되어 있을 줄은 몰랐기 때문이다.

백화령이 공소미를 내보낸 이유를 이제 알 것 같았다. 주혜연이 처음에 대장간에 왔을 때는 시녀가 없었다. 그렇기 때문에 백화령은 가장 가능성이 높은 시녀를 밖으로 내보낸 것이다.

"효과는 미미하나, 장기간 복용하면 인체에 매우 치명적인 독입니다. 인병초(人病草)를 쓴 것으로 추측됩니다."

"인병초요?"

독초에 대해 무지한 주혜연은 그게 뭐냐는 듯 바라보았다. 하지만 어느 정도 약초와 독초에 대해 아는 흑수는 고개를 끄덕였다.

"사람을 병들게 만드는 독초로군요. 병에 대한 면역력을 떨어뜨려 쉽게 병에 걸리게 만드는 독으로 알고 있습니다."

"소협의 말대로입니다. 초기 증상으로는 피로가 몰려오고, 빈혈이 따라오게 됩니다. 계속해서 섭취하면 면역력이 떨어져 병을 쉽게 얻게 되지요."

주혜연은 충격으로 가득한 표정이었다. 설마…… 자신이 독에 중독되어 있을 줄은 꿈에도 몰랐기 때문이다.

"서, 설용미……!"

주혜연이 유종상단에 있을 설용미를 향해 분노를 표했

다. 누가 이 일에 주도한 것인지 안 봐도 뻔했다. 자신이 죽음으로써 이윤을 얻게 될 사람은 설용미밖에 없다. 안 그래도 유종상단에서 벌어지는 안 좋은 일에 의심을 하고 있던 찰나였기에 확신하고 있었다.

'그년이 벌써부터 날 죽이려고 하고 있구나!'

누가 독을 탔는지 모른다. 공소미와 초린. 둘 중 한 명이거나 둘 다일 수 있다.

공소미와는 나름대로 친해지고 있었는데 이런 상황에 처하게 되니 자신에게 하는 것도 연기가 아닐지 의심하게 되었다.

주혜연이 분노에 입술을 깨물었다. 그녀의 입술에서 피가 흘렀다. 어느 정도 그녀에 대한 소식을 접한 흑수와 백화령은 무슨 까닭으로 이러는 것인지 알고 있었다.

그렇기에 잠자코 있었다.

백화령은 깨끗한 천을 건넸다.

주혜연은 그제야 자신의 입에 피가 흐르는 것을 느끼고 슥 닦아 냈다. 백색의 천이 붉게 물들고, 그녀가 백화령에게 물었다.

"혹시 인병초는 은으로 확인이 불가능한가요?"

그녀는 혹시나 하여 은젓가락을 항상 지니고 다녔다. 그녀는 직접 은젓가락을 꺼내 보여 주었다. 식사를 하기 전

독이 들어 있는지 없는지 확인하는 것이다. 지금껏 확인한 바로 은이 변하지 않았다. 백화령은 은젓가락을 확인하며 고개를 저었다.

"검게 변합니다. 소량으로도 아주 뚜렷하게 변합니다. 독이 있었다면 이 은젓가락도 금방 검게 변질되었을 겁니다."

"……."

그렇다면 요리는 아니다. 그럼 어디에서부터 자신이 이렇게 된 것이란 말인가. 아무리 생각해도 이해가 되지 않았다.

'……사과?'

그러고 보니 사과는 확인해 보지 않았다. 하지만 그녀는 사과를 좋아하긴 하지만 많이 먹는 편이 아니었다. 그러고 보니 쓰러진 것도 과수원에 들르고 나서부터였다. 하지만 무당의 제자인 그녀가 유종상단과 얽힐 일이 어디 있겠는가.

'조소소 씨가 내온 사과는 물기가 거의 없이 깨끗했어. 독을 발랐으면 금방 티가 났을 거야.'

무엇보다 주변 사람들에게 물어본 바로 정말 무당의 제자인 데다 이 마을에서 오랫동안 살았다. 또한 그녀가 유종상단에 있으면서 무당파와 연관된 적은 단 한 번도 없었다. 소소가 자신을 해하여 얻을 이익은 없다고 봐도 무방했다.

'그렇다면 가장 의심이 되는 건······.'

공소미와 초린이 전부였다. 그녀들은 박가와 함께 온 시녀들이다. 그들은 항상 그녀의 옆을 지켰다. 둘 다인가, 아니면 둘 중 한 명인가.

'일단 둘 다 의심해야겠어.'

감시자 겸 설용미가 보낸 살수일 확률이 높다. 그녀는 그 둘을 가장 조심하기로 했다. 확실한 증거가 나올 때까지 둘 다 의심해 보기로 했다.

"해독제. 해독제는 어떻게 만들죠?"

"섭취를 함으로써 천천히 체내에 독이 쌓이는 것이기 때문에 지금부터라도 인병초를 먹지 않는 것으로 충분합니다."

어디서 섭취하게 되었는지는 모른다. 하지만 분명 장기적으로 복용한 것은 확실했다.

'무섭구나. 은젓가락을 지니고 있어도 독을 먹고 있었다는 것을 전혀 몰랐다니.'

어지간한 살수가 아니면 절대 불가능한 일이다. 자신은 조심한다고 은젓가락으로 늘 확인하는데도 독을 먹게 한다.

보통 실력의 실수가 아니라고 확신했다. 앞으로도 확인할 수 없으리라고 보았다.

'면역력을 약화시키려고 시간을 들인 것은…… 날 죽일 때 의심을 피하기 위해서일 거야.'

설용미가 무슨 생각을 하는지 알 것 같았다. 주혜연은 금방 냉정을 되찾고 다시 생각했다. 설용미는 시간을 들이는 한이 있더라도 아무에게도 의심받지 않고 자신을 죽이려는 것이다. 유종상단을 완전히 손에 넣기 위해서 말이다. 그 생각을 하니 피가 거꾸로 솟는 기분이었다. 지금 당장 죽을 위험은 없다 하더라도 조심해야 했다. 자신을 지켜 줄 사람이 누가 있을까. 그녀는 백화령에게 시선을 고정시켰다.

"그러고 보니 전에 신녀문인가 뭔가 하는 곳의 무인이라고 하셨죠?"

"예."

어느 문파라도 자신의 문파를 잘 모를 수 있다고는 생각하지만, 낮춰서 하는 발언은 용서치 않는다. 그녀는 정말 몰라서 한 말이지만, 낮춰 말하는 경향이 강했다.

이곳에 흑수와 백화령만 있어서 다행이지, 만일 이 얘기를 지연향이나 다른 무인들이 들었다면 당장 칼을 뽑아 들었을 것이다.

흑수가 흘깃 바라보니 불쾌해하고 있는 것이 표가 났다. 그럼에도 가만히 있는 것은 성격도 있겠지만, 모르고 한 일이라 용서하는 분위기였다. 다음에 또다시 그런 발언을 하면 용서치 않겠지만 말이다.

그녀의 마음도 모른 채, 주혜연이 손을 붙잡았다.

"무공도 뛰어나실 거고요. 저를 지켜 주세요. 그럼 반드시 사례를 할게요."

"죄송합니다. 그건 불가능합니다."

백화령이 단칼에 거절했다. 주혜연은 설마 간단하게 거절당할 줄 몰랐기 때문에 의아한 눈빛으로 그녀를 바라보았다.

"어째서요?"

"전 흑수 소협을 지키기 위해 신녀문에서 온 무인입니다. 한 사람에게 시선을 두는 것도 힘든데, 다른 사람을 지키는 것은 불가능합니다."

"그러고 보니 아까부터 소협이라고……."

소협이라는 단어에 드디어 의구심이 든 주혜연은 멍한 표정으로 흑수에게 시선을 돌렸다.

강호에서 소협과 대협이란 단어를 많이 쓰는 것으로 알고 있다. 또 나이가 어린 강자에게 하는 존칭으로 많이 쓰이기도 한다.

'묘수신장과 대력추!'

별호가 무려 두 개라는 것은 마찬가지로 만만치 않은 무인이라는 소리다. 대장장이지만 그가 왜 별호를 가지고 있는지는 소식을 들어 알고 있다.

백화령과 무슨 관계인지는 잘 모르지만 그에게 부탁하면 되지 않을까 싶었다.

"이름이…… 흑수라고 하셨죠?"

"네."

"흑수 님. 부탁드려요."

주혜연이 흑수의 손을 덥석 잡았다. 그녀의 부드러운 손이 그의 손에 닿았다.

정말 힘든 일이라고는 전혀 해 보지 않은 손이라는 것을 감촉만으로 알 수 있었다. 그녀는 애타는 눈으로 그를 바라보았다.

"저를 지켜주세요. 사례는 반드시 하겠습니다. 현재 가진 것은 없지만……."

잠시 말이 끊긴 주혜연. 그녀가 갑자기 고개를 푹 숙이며 망설이다가 이내 나지막이 말했다.

"무, 무엇이든 괜찮아요."

그녀의 말은 흑수와 백화령의 귀에 정확히 닿았다.

"무엇이든지……라고요?"

주혜연은 자신이 말하고 부끄러웠는지 얼굴이 새빨개졌다. 그녀는 대답도 하지 않고 시선을 옆으로 돌렸다. 자신이 무슨 말을 하는지 잘 알고 있다. 무엇이든지. 그것은 자신의 몸도 포함되어 있는 것이다. 이 뜻을 흑수가 모를 리없었다. 물으면서도 혹시나 했지만 역시나였다. 하물며 백화령도 그 의미를 금방 눈치챘다. 백화령은 매우 불편한기색이었다.

주혜연도 남 앞에서 이런 말을 하는 것은 상당히 부끄러운 일이다. 하지만 그녀는 그런 것에 아랑곳하지 않았다. 상관없었다. 죽음을 당할 바에 발악하려는 것이다. 설용미의 마수에서 벗어나는 것까지는 바라지 않았다. 최대한 그녀가 원하는 바를 이루지 못할 정도면 충분하다.

무엇보다 주혜연은 자신의 외모를 이용할 줄 알았다. 거래를 할 때도 미인계를 통해 수완을 보이는 경우가 종종 있었다. 남자라면 모름지기 미인계에는 약한 법이다. 또한이렇게 애타는 연기까지 해 주면 쉽게 넘어간다. 흑수도다르지 않을 것이라 판단했다. 하지만 그녀의 생각은 틀렸다.

"싫은데요?"

단칼에 거절당했다.

설마 단칼에 거절당할 줄 예상치 못했기 때문에 말도 나오지 않았다.

"무슨 의미로 그런 말을 한지 잘 압니다. 남자인 이상 저도 그쪽으로 관심이 갈 수밖에 없고요. 남들이라면 속았을 것 같지만, 제 눈을 속일 수 있을 것이라 보았습니까?"

그녀의 연기는 확실히 대단했다. 눈가에 살짝 눈물이 맺히고, 슬프고, 빗속에 버려진 강아지 같은 모습이었다. 하지만 눈썰미가 좋은 흑수는 그것이 연기임을 알 수 있었다. 아무리 연기를 잘하는 사람이라고 해도 자세히 보면 다 티가 나기 마련이었다.

"유종상단에서 왔다는 것은 이미 들었습니다. 사정을 듣기 전에도 전 아무 생각도 하지 않았습니다. 또한 종리연 아가씨께서도 서찰을 보내기도 했고요. 서찰에서 표현하는 것으로 보아 종리연 아가씨와 주혜연 아가씨는 어느 정도 친분이 있는 것을 알 수 있었죠."

잘 모르는 사람을 '혜연이'라고 표현하지 않는다. 허나 종리연은 그녀를 혜연이라고 표현했다. 종리연은 생각 없이 평소대로 쓴 것이겠지만, 그는 그것에서 어느 정도 친분이 있다는 것을 바로 알 수 있었다.

종리연과의 인연도 있고 하니 솔직히 말해 그녀가 정말 연루되어 있지 않으면 도울 생각도 어느 정도 가지고 있었다. 하지만 그녀는 미인계로 자신을 포섭하려고 했다.

"또 자신의 몸을 대가를 내걸었다는 것은 혼인을 치르는 것이나 마찬가지니 상황을 봐서 조건을 점점 세게 부르려는 생각도 가지고 있었을 겁니다. 안 그렇습니까?"

"……."

주혜연은 부정하지 않았다. 그의 말은 사실이다. 일단 몸을 보전하고, 그가 정말 대단한 무인이라면 설용미를 쫓아낼 궁리도 생각했다. 그의 무공이라면 충분히 가능할 것이라 생각했다.

묘수신장과 대력추라는 별호는 유종상단에 있을 때 전해 들은 이야기였다. 그의 무공을 직접 보지 못했지만 대장장이가 별호를 가졌다는 것은 그만큼 무공이 뛰어나다는 것을 뜻하는 것이니까.

"진정 도움을 요청하면 고민을 했을 겁니다. 저도 남자이니 여자의 눈물에 약하니까요. 하지만 이제는 그런 생각이 전혀 들지 않는군요. 솔직히 말해 불쾌합니다. 눈물로 사람을 이용하려고 하다니. 사람이 추악해도 너무 추악하다고 생각하지 않습니까? 현재 유종상단을 이끌고 있는 설용미라는 사람과 다를 바 있습니까?"

"소협!"

백화령이 그를 제지했다. 말이 너무 심한 것도 있지만 흑수의 언성이 높아지고 있었기 때문이다. 흑수는 흥분을 가라앉혔다.

"말이 심했습니다. 하지만 이것만큼은 알아 두세요. 저도 때로는 바보처럼 떠밀리거나 분위기에 휩쓸리기도 하지만, 어중이떠중이처럼 남들에게 쉽게 이용당하는 사람이 아니라는 것을요."

흑수가 자리에서 벌떡 일어나 밖으로 나갔다. 더 이상 이곳에 있기 불편하다는 뜻이었다. 그래도 당장 나가라고 하지 않는 것은 일단 환자이니 나름 배려를 하는 것이리라.

주혜연의 입장에서는 당연히 승낙할 것이라 생각한 덕분인지 그만큼 허탈함이 들었다.

'바보같이. 내가 생각해도 너무 어리석었지.'

진심으로 무릎을 꿇고 빌면서 부탁해도 모자랄 판에 이용하려고 들다니. 자신이 생각해도 이건 사람이 할 짓이 아니었다.

인과응보나 다름이 없었다. 조건을 달면서까지 기회를 낚으려고 하다가 도리어 화를 입게 되었다.

주철피가 어렸을 적 그녀에게 누누이 강조하던 것이 아니던가.

곤경에 처한 사람이 부탁하면 들어줄 것. 그것을 이용 수단으로 삼으면 기회조차 사라진다고.

'딱 이럴 때를 두고 하는 말이 아닌가.'

주철피의 말은 지금까지 틀린 적이 없었다. 지금껏 그가 겪어 온 것을 바탕으로 말해 주었기 때문이다. 명심, 또 명심하겠다고 스스로 말했는데, 그것을 어겨 버렸다. 벌을 받은 것이 틀림이 없었다.

주혜연이 씁쓸하게 웃으며 눈가에 눈물이 그렁그렁 맺혔다. 이번에는 연기가 아니라 내면에서 우러나오는 눈물이었다.

백화령이 그녀의 손을 잡아 주었다. 그녀는 항상 무덤덤한 표정이지만, 걱정하는 것처럼 보였다.

"소협도 진심으로 하는 소리는 아닐 겁니다."

"전 괜찮아요. 이게 당연한 일이죠."

주혜연이 자리에서 일어났다. 그녀는 더 이곳에 있을 수 없었다. 창피하기도 하고, 면목이 없었다.

"탕약을 달였으니 그것을 먹고……."

"아뇨, 괜찮아요. 신세를 졌습니다."

주혜연이 고개를 숙이며 인사하고 밖으로 나갔다. 밖에서 공소미가 괜찮느냐며 소란을 떨고 있었지만, 그녀는 황급히 대장간을 나갔다.

백화령은 그녀들이 대문 밖으로 나가는 걸 확인하고 흑수가 있는 곳을 바라보았다.

자신의 방으로 들어간 것 같았다. 평소 누가 방문하고 나가면 항상 배웅을 해 주던 흑수답지 않은 모습이다. 그만큼 화가 났다는 의미일 것이다.

제6장
초린의 정체

　주혜연은 공소미의 등에 업혀서 집으로 돌아갔다. 언덕을 내려오기 힘들어하여 공소미가 그녀를 업은 것이다. 위태롭게 낑낑거리는 것이 불안하기는 하지만 그래도 안 넘어지게 조심스럽게 이동했다. 주혜연은 공소미에게 몸을 의지하고 있었다.

　자신을 위해 언덕을 올랐을 때도 힘들어 불평할 만도 한데, 그녀는 자신을 업어서 내려가 주었다. 자신을 걱정해 주는 것에 감사할 따름이다. 또 감시자나 독살하려는 자가 아닐지 의심을 한 것도 미안해졌다.

　"소미야."

"네, 아가씨."

"미안해."

"이 정도로 뭘요."

주혜연이 미안하다고 한 것은 의심해서 미안하다는 뜻이지만, 공소미는 바보같이 헤헤 웃었다. 그 미소를 보고 피식 웃음이 새어 나왔다. 어딘가 하나 부족한 모습이지만 그 모습이 마음을 편하게 해 주었다.

"소미야, 그러고 보니 초린은 어디 갔니?"

"약방에서 의원님 데리고 오라고 했어요. 마침 저기에 오네요."

조금 멀지 않은 곳에서 초린의 모습이 보였다. 그녀는 두 손에 뭔가를 주렁주렁 달고 오고 있었다.

그들과 눈이 마주친 초린이 발걸음을 빨리하며 다가왔다. 공소미가 고개를 갸웃거렸다.

"초린. 의원님은요?"

"급한 환자가 있다 하여 의원님께서 자리를 비우셔서 대신 약재를 사 왔다."

증상을 확실히 모르니 일단 빈혈과 고열에 좋은 약재를 전부 산 것 같았다. 그 모습에 공소미의 얼굴에 황당함이 물들었다.

"아니, 증상도 모르는데 약재만 사 오면 되나요?"

증상에 맞지 않는 약을 복용하면 오히려 몸을 해롭게 할 뿐이다. 그녀가 그러는 것도 충분히 이해가 갔다.

"또 약재 말고 손에 쥔 건 뭐죠?"

"오다가 약초를 캐 왔다."

"대충 알고 있는 약초를 캐 오신 것 같은데, 얼른 버리도록 하세요!"

평소 누군가에게 따지듯 말하지 않는 공소미도 이번에는 단단히 화가 났다.

'……풀?'

주혜연이 의심스러운 눈으로 초린을 바라보았다. 약초나 독초에 대해서 모르지만 이 상황에서 태연히 약초를 캐 온 그녀가 이해가 되지 않았기 때문이다.

'혹시…….'

주혜연이 경계심 가득한 눈으로 초린을 바라보았다. 물증은 없지만 의심이 갈 수밖에 없었다.

시선을 느꼈는지 초린이 그녀를 바라보았다. 주혜연은 모르는 척 시선을 돌려 버렸다. 그리고 그녀는 한참 동안 초린의 시선을 받아야 했다.

*　　*　　*

"후우, 아직도 열 받네."

흑수는 방에서 한참 있으면서도 화가 진정되지 않았다. 그녀의 상황이 확실히 안 됐지만, 자신을 이용하려고 했다는 것은 화가 나는 일이었다. 확실히 추악하다느니 뭐니 좀 심한 말을 하기는 했지만, 후회는 없었다. 울면서 나갔던 것 같은데 그것이 마음에 걸렸다.

"내가 알 게 뭐람."

그런 것에 신경 쓰지 말자고 생각하며 그는 이부자리를 편 채 누워 천장을 응시했다. 잠을 자려고 뒤척여 보았지만 쉽게 잠에 들지 못했다. 눈을 감고 있으면 어느 순간 주혜연과 있던 일에 대한 생각이 떠올랐기 때문이다.

"에이 씨!"

평소 성질도 잘 내지 않던 흑수가 자리에서 벌떡 일어나 밖으로 나갔다. 어둠이 깊게 내려앉아 주위가 고요했다. 그곳에서 불침번을 서고 있는 지연향을 볼 수 있었다. 그녀는 흑수와 눈이 마주쳤다.

"어디 가십니까?"

"산책 좀 하려고요."

"이런 야심한 시각에 말입니까?"

흑수가 늦은 밤에 산책을 나가는 경우는 지금껏 없었다. 일어나서 물을 마시거나, 헛간에 가거나, 수련을 했던 적은 있어도 말이다. 그것이 조금 의아하다고 느껴졌다. 지연향이 따라가려는 듯 검을 허리춤에 차려고 하자, 그가 손을 들어 제지했다.

"멀리 가지는 않을 거예요. 그냥 근처를 돌아다닐 테니까 따라오시지 않아도 돼요."

"그래도 혹시 모르니……."

"이각 안으로 돌아올 테니 걱정하지 마세요."

"알겠습니다. 너무 멀리는 가지 마십시오."

흑수가 그러겠노라고 고개를 끄덕이며 대문 밖으로 나섰다. 이렇게 밤길을 걷는 것도 오랜만이라고 생각했다. 몇 년 전에는 밖에서 수련을 하고 돌아오면서 밤거리를 걷던 것이 생각이 났다. 일을 끝내고 수련을 정신없이 하다가 정신을 차렸을 때 야심한 밤이었다. 너무 늦게까지 해서 단천수에게 혼나는 경우도 왕왕 있었다. 지금 생각하니 그것도 추억으로 자리 잡았다.

"가끔 잠이 안 오면 할아버지랑 밤에 산책도 했는데."

그러고 보니 지금 입고 있는 옷도 단천수의 옷이었다. 단천수가 옷을 워낙 넉넉하게 입는 탓에 옷이 딱 맞았다.

예전에는 단천수의 냄새가 짙게 배어 있었는데. 지금은 전혀 찾아볼 수 없다. 그래도 이렇게 입고 있으면 단천수와 함께 있는 기분이었다.

'저건……'

흑수의 발이 한 곳에 멈춰 섰다. 평소에는 아무렇지 않았는데, 밤에 이곳을 지나가니 좋지 않은 생각이 떠올랐다.

푸줏간 집 딸과 아주머니가 산적들에게 습격을 당했던 장소였다. 이미 시간이 꽤 오래 지났지만 그 당시의 기억을 아직도 잊을 수 없다. 또한 이곳은 그가 처음으로 살인을 해 본 곳이었다.

'그런 거 생각하면 뭐해.'

그래도 흑수는 길에 멈춰 서서 잠시 눈을 감고 묵념을 했다. 이곳에 죽은 푸줏간 집 딸과 아주머니의 명복을 빌어 주려는 것이다. 가만히 눈을 감고 명복을 빌어 준 후에 다시 밤길을 걷는 흑수. 정신없이 걷다 보니 어느새 사철을 모으기 위해 왔던 강물까지 도착했다.

"여전히 이곳은 고요하네."

흑수가 졸졸 흐르는 강물을 바라보며 바람을 쐬었다. 잔잔히 불어오는 바람을 즐기고 있을 때, 그의 귀에 누군가의 목소리가 들려왔다.

남녀의 목소리다. 남녀가 서로 대화하는 것이었다. 이런 야심한 밤에 남녀가 숲에서 대화를 하다니. 그것 말고 더 있겠냐는 듯 조용히 자리를 피하려고 하는데, 여인이 심상치 않은 말을 했다.

"아무래도 쉽지 않을 것 같다. 독을 탔다는 것을 눈치챈 것 같아."

"……."

순간 흑수는 자신의 귀를 의심했다.

'독? 분명 독이라고 말했지?'

자신의 귀를 의심하며 혹시나 하는 마음으로 그가 풀숲에 몸을 숨기며 더더욱 다가갔다. 기척을 죽이면서 들키지 않을 거리까지 다다르자 그들의 대화가 선명히 들려왔다.

살짝 고개를 내밀어서 얼굴을 확인하려고 했다. 하지만 애석하게도 때마침 구름에 달빛이 가려져 그들의 형상만 드러났을 뿐, 얼굴은 전혀 보이지 않았다.

"그녀는 조심성이 많다고 들었습니다, 누님. 평소와 다른 점이 있습니까?"

"음식을 하나하나 은젓가락으로 찔러 보고 있어. 아직까지 어디에 탄 것인지 눈치채지 못한 듯하지만 들키는 것은 시간문제일 거야."

여인이 혀를 차며 불만스럽다는 듯 말했다.

"편하게 그냥 맹독으로 죽이거나 목을 따면 안 돼?"

남성이 못 말린다는 듯 고개를 저었다.

"사고(師姑)께서는 반드시 천천히, 누구도 의심하지 않게 죽여야 한다고 하셨습니다, 누님."

여인이 땅이 꺼지도록 한숨을 내쉬었다.

"사고께서는 너무 조심스럽다니까. 강도가 들어서 죽었다고 하면 편할 것을."

"시기가 시기인 터라 의심받을 짓은 하지 않으려는 게지요."

무서운 소리를 아무렇지도 않게 하는 것에 흑수의 눈이 움찔거렸다. 결코 연인이 할 법한 소리가 아니다. 저것은…… 암살 모의였다.

'나를 노리는 건가?'

어디에서 보내온 것인지 모를 살수라면 이미 겪었다. 그렇기 때문에 자신을 노리는 자들이 아닐까 생각했지만 고개를 저었다.

그들이 하는 말을 들어보면 자신이 아닌 다른 사람을 노리는 것이었다.

그러고 보니 그들은 은젓가락을 언급했다. 대장간 내에서 은젓가락을 쓰는 사람은 단 한 명도 없었다.

그렇다면 저들이 노리는 것은…….

뿌득!

"누구냐!"

나뭇가지가 부러지는 소리와 함께 그들의 시선이 한곳으

로 모였다. 흑수는 의아한 듯 고개를 갸웃거렸다. 그는 전혀 미동도 하지 않았으며 주위에 나뭇가지가 없었다. 무엇보다 밟고 있는 것은 흙이 전부였다. 살짝 고개를 다시 내밀어 보니 그들의 시선은 정반대편으로 향해 있었다.

사삭―!

풀숲을 헤치며 황급히 자리를 벗어나는 소리가 들려왔다.

"놓치지 않겠다! 흑영, 따라와!"

무슨 일인지 모르지만 상황이 급박하게 돌아가고 있다는 것을 깨달은 흑수가 자리에서 벌떡 일어났다.

"이럴 줄 알았으면 종리연 아가씨나 소문주님께 경공 좀 알려 달라고 할걸!"

경공을 익히지 않은 그는 결국 두 발로 열심히 뛰어야 했다.

*　　　*　　　*

주혜연이 밖이 시끄러운 것 같아 약간 잠에서 깼다.

"무슨 소리지?"

쾅!

누군가가 다급히 대문을 열어 재치는 소리였디. 주혜언

은 화들짝 놀랐다. 혹시 강도나 설용미가 보낸 사람이 쳐들어온 것이 아닐까 하는 생각을 하고 있을 때였다.

콰광!

요란한 소리와 함께 문이 박살 났다.

"누, 누구……."

누구냐고 묻기도 전에 그녀의 입이 다물어졌다. 그녀는 놀란 눈으로 문을 부수고 들어온 이를 알고 있었기 때문이다.

"초린……."

바로 초린이었다. 그녀는 초린을 위에서부터 아래까지 훑어보았다. 평소와 입고 있는 옷이 아닌 다른 옷을 입고 있었다. 또한 그녀의 손에는 무인들이나 쓸법한 검이 들려 있었다. 결코 장식용이 아니라고 말해 주듯 예기가 날카롭게 서 있었다.

순식간에 어떤 상황인지 인지한 주혜연.

"다, 다가오지 마세요."

주혜연이 덜덜 떨며 베개에 숨겨 둔 단검를 꺼내 그녀에게 겨눴다. 무공이라고는 전혀 익히지 않은 주혜연이 할 수 있는 것은 단검으로 위협하는 것밖에 없었다.

초린을 의심하기는 했지만 설마 이렇게 대담하게 일을 진행할 줄은 꿈에도 몰랐다. 의심의 눈초리를 받으니 확실하게 죽이려는 것일까?

"누, 누가 보낸 거죠?"

나름 태연한 척하려고 했지만, 자던 중 습격해 온 것 때문인지 쉽게 그녀의 감정을 숨길 수 없었다. 초린이 손을 들며 앞으로 한 걸음 내디뎠다. 주혜연이 숨을 크게 들이마시며 뒤로 물러났다.

"아가씨!"

다급한 외침과 함께 공소미가 문앞에 섰다. 초린과 공소미와 눈이 마주치기 무섭게, 그녀가 황급히 문밖으로 뛰쳐나갔다.

"공소미……."

"아가씨는 제가 지키겠어요. 제가 막고 있을 동안 얼른 피하세요!"

초린의 인상이 잔뜩 찌푸려졌다. 그녀가 검을 고쳐 잡았다. 비키지 않으면 베어 버리겠다는 듯 보였다.

그럴수록 공소미는 더욱 그녀를 감쌌다. 공소미가 초린을 노려보며 소리쳤다.

"초린이 아가씨의 목숨을 노리고 있어요. 제가 그 얘기를 톡톡히 들었어요. 얼른 도망치세요. 여긴 제가 막겠어요."

"소, 소미야!"

초린이 공소미에게 검을 겨눴다.

"……무슨 짓이지?"

"그건 내가 할 소리야! 아가씨, 얼른 피하세요!"

주혜연은 어떻게 해야 할지 모른 채 망설이고 있었다. 도망치면 공소미가 죽을 것이다. 물론 가만히 있으면 자신도 해를 입게 된다. 그녀라면 공소미를 충분히 죽일 수 있을 것이란 생각이 들었다.

"아가씨!"

공소미의 다급한 외침과 함께, 주혜연이 대문 밖으로 도망쳤다. 초린이 제지하려고 했지만, 그녀는 이미 대문 밖으로 도망친 후였다.

"빌어먹을!"

초린이 이를 갈며 공소미를 향해 도약하며 검을 휘둘렀다. 그리고 상황은 다시 주혜연으로 옮겨진다.

서둘러 뛰쳐나간 주혜연은 사람들을 불러 모으기 위해 소리를 지르려고 했지만, 입을 열기도 전에 누군가에게 입을 가로막혔다.

"함부로 소리를 지르면 안 되지."

소름 끼치도록 차가운 남성의 목소리에 주혜연이 벗어나기 위해 버둥거렸지만, 어찌나 힘이 센지 꿈쩍도 하지 않았다.

"얌전히 있어 주지 않으면 곤란하다고."

그녀의 목에 차갑고도 날카로운 것이 얹혔다. 주혜연의
눈이 휘둥그레졌다. 그녀의 목에 있는 것은 검이었다. 버
둥거리고 있던 그녀의 몸이 경직되었다. 그리고 공포로 인
해 몸이 오들오들 떨려 왔다.

"그래, 그렇게 얌전히 있어 줘야지. 서로 불상사가 일어
나는 것은 원치 않잖아. 그렇지?"

주혜연이 고개를 조심스럽게 끄덕였다. 상대가 만족스
럽다는 듯 웃더니 곤란한 표정을 지었다. 그는 곧 난감한
표정을 지었다.

"그나저나 이거 큰일인걸. 이건 전혀 예정에 없던 일인
데. 일이 꼬일 대로 꼬였네."

흑영이 이것을 어떻게 해야 할지 정말 난감하다는 표정
이었다. 주혜연은 그가 초린과 관계있는 사람이라는 것을
상황상 알 수 있었지만, 왜 망설이고 있는지 당최 이해가
되지 않았다.

"그나저나 너 눈치 엄청 빠른 것 같더라? 독을 넣은 건
어떻게 알고 차도 안 마셨냐?"

그녀가 흑영의 말에 흠칫 놀랐다. 자신의 상황을 전부
알고 있었다.

'초린이 다 말했구나.'

그녀가 감시자 겸 살수였으며 그녀를 돕는 사람이 또 따로 있었다. 설마 돕는 이가 따로 있을 줄은 전혀 예상치 못했다. 이것은 주혜연도 생각지 못한 일이었다.

"나는 네가 예상보다 오래 살아남았을 때 암살하는 역할이었단 말이지. 지금 나설 때가 아니었단 말이야."

그가 씩 웃으며 검을 위험하게 놀렸다. 검날을 바짝 세우며 장난을 쳤다. 주혜연은 눈을 감았다. 흑영이 장난스럽게 혀로 그녀의 뺨을 핥았다. 주혜연의 몸이 더욱 떨려 왔다.

흑영은 그녀가 오들오들 떨자 환희에 찬 미소를 보였다. 그녀의 표정이 재밌다는 듯 웃었다. 그는 남이 공포와 두려움에 떠는 것을 즐기는 부류였다.

"아, 정말 아쉽다. 더 즐기고 싶었는데. 네 반응은 가장 최고였어. 마음 같아서는 더 살리고 싶지만, 하는 수 없지. 이미 다 들킨 마당이니까. 즐기지 못해서 아쉽네. 그럼 잘 가, 귀여운 아가씨."

주혜연은 그가 무슨 말을 하고 싶은 것인지 알았다. 죽이려는 것이다. 어차피 다 들켰고, 더 시간 끌어 봤자 득볼 것이 없기 때문이다.

"그럼 나하고 즐겨 볼래?"

낯선 이의 목소리에 흠칫 놀란 흑영이 고개를 들기 무섭게 주먹만 한 돌멩이가 그의 이마를 가격했다.

"크윽!"

갑작스러운 타격에 주혜연을 붙들고 있던 팔을 놓쳤다. 주혜연이 도망치려고 달렸지만, 다리에 힘이 풀려 얼마 가지 않아 넘어지고 말았다.

"웬 놈이냐!"

"웬 놈이냐고?"

뒤에서 익숙한 목소리에 주혜연이 고개를 뒤로 돌렸다. 그곳에는 어둠에 녹아든 누군가가 서서히 다가오고 있는 것이 보였다. 상대가 지척까지 다가오며 때마침 구름에 가려진 달빛이 얼굴을 내밀었다. 달빛이 그에게 집중되듯 서서히 모습이 드러났다.

주혜연은 그를 보고 눈물이 왈칵 쏟아졌다. 흑수였다. 흑수는 흑영을 향해 인상을 찌푸리며 소리쳤다.

"지나가던 대장장이다, 개새끼야!"

*   *   *

"대장장이?"

흑영은 기가 차다는 표정으로 그를 바라보았다. 기척도 없이 오기에 강호인일 것이라 생각했더니 대장장이란다.

"명을 재촉하는구나. 깡촌의 대장장이 주제에 내게 맞서겠다고?"

어차피 이미 목격한 이상 그냥 돌려보낼 마음은 없었다. 그가 손을 가볍게 휘저었다. 암기가 그를 향해 날아들었다. 하지만 흑수가 손을 움직였다. 흑수의 손에는 어느새 흑영이 날린 암기가 전부 들려 있었다.

"……대장장이가 아니로구나."

흑영은 흑수를 대장장이가 아닌 강호인이라고 생각했다. 그가 날린 암기를 평범한 사람이 잡을 수 있을 리 없었다. 우연이라고 하기에는 손의 궤적이 정확히 암기로 향했었다.

흑영이 신형을 날리며 그를 향해 검을 휘둘렀다. 얼마나 고강한 무인인지 모르지만 무기를 꺼내기 전에 죽이면 그만이다.

"위험……!"

주혜연이 소리쳤지만, 흑수는 이미 발을 일보 내디디며 그의 검면을 주먹으로 쳐 냈다. 흑영의 검의 궤도가 순식간에 어긋났다. 그가 당혹스러워할 틈도 없이 흑수의 다리가 날아왔다. 다급히 팔로 방어했지만 흑영의 몸이 옆으로 날아가며 담벼락에 부딪쳤다. 흑영이 흙먼지를 탈탈 털며 자리에서 일어났다.

"이것 봐라?"

흑수는 말이 필요 없다는 듯 자세를 잡고 손가락을 까딱였다. 덤비라는 뜻이었다. 흑영은 방심하면 안 되겠다 생각했는지 자세를 다시 잡고 그를 향해 달려들었다. 흑수는 녀석의 검을 피해 가면서도 반격을 했다.

흑수의 주먹이 그의 얼굴과 몸에 꽂혔다. 맨몸으로 싸우고 있는 그가 무기를 든 무인을 상대로 압도하고 있었다.

"이 빌어먹을 자…… 컥!"

흑수의 주먹이 녀석의 복부를 강하게 때렸다. 흑수는 여기서 멈추지 않고, 몸을 회전시키며 그의 관자놀이를 향해 돌려차기를 날렸다. 흑영은 본능적으로 다시 팔을 들어 올렸다. 그러나 녀석이 다시 담벼락에 부딪쳤다.

"크윽!"

부러지지 않은 것 같지만 흑영은 오른팔이 얼얼해지는 것을 느꼈다. 막지 않았으면 머리가 날아갔을 것이다. 날카롭고 공격적이었다. 그리고 위력적이다.

"뭐야, 이건. 이게 무슨 무공이지?"

최소한의 움직임으로 주먹을 날리면서 발차기는 동작이 크다. 지금까지 겪어 보지 못한 무공이었다.

"너, 어디 소속이지?"

"무슨 소리지?"

"말해라. 이런 무술은 생전 처음 보지만 날카롭고 공격적인 것은 나와 같은 부류 같은데?"

흑수는 녀석이 무슨 말을 하고 있는지 몰랐다. 방심을 유도하는 것인가 싶기도 했지만, 검을 살짝 내린 것을 보면 그런 의도는 아닌 것 같았다.

'날카롭고 공격적인 것이 뭔 상관이지?'

아무리 골똘히 생각해도 무얼 뜻하는지 모르겠다. 흑영은 피식 웃었다.

"확실히 말하기 껄끄럽기는 하지. 하지만 우리들끼리 통하는 것이 있겠지?"

그러더니 자신의 내력을 끌어 올리며 검을 휘두르는 흑영. 녀석의 공격이 방금 전보다 날카롭고 매섭게 변했다.

흑수가 몸을 옆으로 구르며 그의 공격을 피했다. 그의 검이 방금 전 흑수가 있던 자리에 꽂혔다.

'뭐지, 방금 그건?'

녀석이 내공을 끌어 올린 것은 알겠는데, 뭔가 기분 나빴다. 또한 그의 공격은 공포감마저 들었다.

실제로 싸우고 대련을 했을 때 누가 자신을 공격했을 때 두려움을 느낀 적은 이번이 처음이었다.

흑영은 그의 표정을 보고 알아챘다고 생각하여 씩 웃었다.

"이런 촌구석에서 교인을 만나다니. 뜻밖인걸? 이제 서로 갈 길 가자고."

'교인?'

교인라는 말에 흑수가 녀석의 정체를 대강 짐작할 수 있었다.

'마교로구나!'

마교에서 사람이 올 줄은 전혀 예상치 못했다. 흑수는 마교가 왜 주혜연을 노리는지 모르지만 일단 추궁하기로 했다. 녀석이 자신을 동료로 오해하고 있으니 통할지도 모른다고 생각했다.

"교에서 왜 주혜연을 노리는 거지?"

주혜연이 흠칫 놀라며 그들을 번갈아 보았다. 흑영은 잠시 그녀를 바라보다가 어차피 곧 죽을 목숨이니 상관없다 생각하면서 인상을 와락 구겼다.

"이놈이 미쳤나. 듣는 사람이 없다 해도 우리의 존재를 알려? 게다가 교의 뜻에 토를 달아?"

아무래도 누설해서는 안 될 말인 모양이었다. 게다가 말해 줄 생각은 없는 것 같았다. 그래도 상관없다. 일단 죽지 않을 만큼 두들겨 패 놓고 추궁하기로 했다.

훙!

흑수가 순식간에 녀석에게 다가가며 주먹을 휘둘렀다.

흑영이 깜짝 놀라며 몸을 뒤로 젖혔다.

"무슨 짓이야!"

"말하지 않으면 억지로."

"큭, 이놈이 이지를 상실했나!"

"왜 그녀를 죽여야 하는지 너한테 물어볼 게 많을 것 같아서 말이야."

흑수는 계속해서 주먹과 발차기로 녀석의 시선을 분산시키며 몸에 타격을 가했다.

"이게 보자 보자 하니까……!"

흑영의 검에 검기가 씌워졌다. 주혜연이 놀란 눈으로 이를 바라보았다. 무공을 배우지 않았다고 하더라도 그녀는 무인을 몇 번 만나 보아 검기의 존재를 잘 알았다.

검기. 절정의 무인들이 쓸 수 있다는 그 검기가 살수가 쓴다는 것에 놀랄 수밖에 없었다. 하지만 흑수는 당황하지 않았다. 오히려 녀석이 날리는 검기에 눈을 떼지 않았다. 허리를 뒤로 젖히자 그의 머리카락이 일부 잘려 나가며 허공에서 춤을 추었다.

녀석이 아직도 그를 마교인으로 알고 있어 검에 망설임이 가득했다. 그 덕분에 흑수는 녀석의 틈을 쉽게 파고들수 있었다.

그가 손가락을 펼치며 빠르게 휘둘렀다. 찰나의 순간 흑

영의 몸에 흑수의 손가락이 꽂혔다. 흑영은 어떻게 할 새
도 없이 기절해 버렸다. 워낙 순식간에 벌어진 일이라 주
혜연이 눈을 깜빡였다. 흑수는 녀석이 방심한 덕분에 쉽게
이겼다고 생각하며 다리에 힘이 풀려 주저앉은 그녀를 바
라보았다.

일단 일으키기 위해 다가가는데…….

"다, 다가오지 마세요!"

흑수가 멈춰 섰다. 주혜연은 그를 두려운 눈으로 바라보
고 있었다.

"아무리 제가 모욕을 했다 해도 생명의 은인한테 너무한
것 아닙니까?"

최소한 감사의 인사는 받을 줄 알았는데 다가오지 말라
고 하니 기분이 나빠진 흑수였다.

"마, 마교인이잖아요."

"네?"

흑수는 그녀가 왜 두려워하는지 알 것 같았다. 자신을
마교인이라고 오해하고 있는 것이다. 흑영이 멋대로 오해
해서 벌어진 일인데…….

"제가 마교인이었으면 어제 절 기분 나쁘게 했을 때 살
려 뒀겠습니까?"

마교인들은 성질이 워낙 포악하여 모욕을 절대 참지 못

한다고 한다. 흑수도 그 정도는 알고 있으며 주혜연도 그렇게 알고 있었다.

"그, 그렇긴 하지만……."

"저 녀석이 멋대로 오해한 겁니다. 제가 마교인이었으면 신녀문에서 절 죽이려 들었겠죠."

신녀문은 정파나 사파도 아닌 중립의 입장이지만 마교와 거리를 멀리했다. 마교에서 백화령을 노리고 있으니 당연한 일이다. 그 덕분에 지금 신녀문 내부에서는 정파의 편에 서자는 쪽이 우세하다. 그쪽 사정에 대해 모르는 주혜연은 긴가민가한 눈치다.

"소협. 무슨 일이십니까?"

백화령이었다. 멀지 않은 곳에서 심상치 않은 소리를 들은 지연향이 모두를 깨워 확인차 언덕을 내려온 것이다. 백화령도 혹시나 하는 마음으로 온 것이리라.

"마교인을 잡았어요."

"……마교인이요?"

백화령은 기절해 있는 흑영을 바라보았다. 기절한 것 같지만 혈을 제압당한 상태인 듯 딱딱하게 쓰러져 있다. 백화령이 옮기라는 듯 신호를 주자, 호위 무사 두 명이 흑영을 대장간으로 끌고 갔다. 일단 마교인을 잡았으니 목적을 캐물으려는 것이다.

"소협. 혹시나 하여 가지고 왔습니다."

백화령이 건넨 것은 오행대도였다. 그는 일단 오행대도를 받아 들어 도갑을 허리춤에 메었다. 무인들이 뒤처리까지 해 주니 안심하는 주혜연. 그녀는 곧 지금 이럴 때가 아니라는 것을 깨달았다.

"거처 안에 초린이 있어요. 그 여자도 한패예요!"

"초린이요?"

"소미가 위험해요!"

누구인지 모르지만 공소미의 얼굴을 알고 있으니 다른 이를 견제하면 될 것이리라. 그는 주혜연의 거처로 쳐들어 갔다. 백화령과 주혜연 그리고 호위 무사들도 그의 뒤를 따랐다. 그들은 곧 초린에게 제압된 공소미를 볼 수 있었다. 공소미는 피를 흘린 채 미동이 없었다. 그 모습을 보고 손을 부들부들 떨며 초린을 향해 소리쳤다.

"이, 이 살인마!!"

호위 무사들이 칼을 빼어 들고 초린을 향해 겨누었다. 흑수도 도갑에서 오행대도를 꺼냈다. 언제든 초린을 향해 달려들 준비를 하고 있는데, 백화령이 이를 제지했다.

"칼을 집어넣어라. 소협도 내려놓으시지요."

흑수는 의아한 표정으로 그녀를 바라보았다. 마교인을 눈앞에 두고 칼을 내려놓으라니?

누구보다 마교인에게 적대적일 그녀가 그런 말을 하니 의아할 수밖에 없었다.

호위 무사들은 엉거주춤 칼을 집어넣었다. 반면 흑수는 내려놓지 않고 일단 경계했다. 마교인이 어떤 일을 벌일 줄 알고 칼을 집어넣겠는가.

백화령은 흑수까지 말릴 수 없다는 듯 고개를 절레절레 저으며 초린 앞에 섰다. 위험한 행동이다.

그러나 그녀는 초린 앞에 당당히 서 있었다. 그리고 초린도 뽑아 들었던 검을 검집에 집어넣었다. 백화령이 그녀에게 포권을 했다.

"오랜만입니다. 초유린 소협."

백화령이 마교인을 알고 있다니? 흑수가 멍하니 백화령을 바라보았다. 주혜연 또한 지금의 상황이 당황스러운지 멍한 표정으로 그 둘을 바라보았다.

"오랜만입니다, 소문주님. 일 년 만이던가요?"

"일 년하고도 보름 정도 되었군요."

평소부터 잘 알고 지낸 사이인 것 같았다. 이쯤 되니 흑수는 상황이 완전히 이상하다는 것을 알 수 있었다. 초린의 정체에 대해 모두의 관심이 쏠린 채, 그녀가 주혜연을 바라보며 고개를 숙였다. 그리고 곧 자신을 소개했다.

"무림맹의 초유린이라고 합니다."

모두가 놀란 표정으로 자신을 초유린이라고 밝힌 그녀를 바라보았다. 이곳에서 가장 놀란 사람은 다름이 아닌 주혜연이었다.

　"그녀가 무림맹의 사람이라는 것은 제가 보증하겠습니다."

　백화령의 말이라면 믿을 만하다고 판단한 흑수는 떨떠름한 표정으로 도갑에 오행대도를 집어넣었다. 하지만 여전히 믿지 못하겠다는 듯 의심의 눈초리를 보내는 주혜연. 초유린은 한숨을 내쉬었다.

　"이야기가 길어질 것 같으니 자리를 이동하지요."

＊　　　＊　　　＊

　이야기는 일단 대장간에서 하기로 했다. 지연향과 다른 호위 무사는 공소미의 시체를 치우기로 했다.

　백화령은 혹시 주혜연이 어디 다치지 않았는지 상태를 확인하고자 그녀를 따로 불러 진찰했다.

　공소미는 초린의 칼에 맞아 죽음을 맞이한 상태다. 시체가 덩그러니 있는 곳에서 진찰을 볼 수 없으니 일단 데리고 온 것이다.

　그는 부엌으로 들어가 차와 과일을 내왔다. 부엌에서 나오니 때마침 백화령과 주혜연도 진찰을 마치고 밖으로 나왔다. 보아하니 아무 이상이 없는 것 같다고 생각했다.

"모두 앉으세요."

아닌 밤중에 모이게 되었다. 이런 적은 처음이라고 생각하며 그는 찻잔에 차를 따라 같이 앉았다.

"……."

"……."

"……."

침묵이 이어졌다. 누가 먼저 말을 꺼내지 않고 어색한 분위기가 만들어졌다. 상황을 대충 알고 있어야 할 초린은 차를 마시고 있을 뿐. 그렇게 한참 침묵이 이어졌다.

"초유린…… 무림맹……이라고요?"

긴 침묵을 먼저 깬 것은 주혜연이었다. 그녀는 여전히 혼란스러운 표정이었다. 뭐가 어떻게 된 것인지 아직 초린이 고개를 끄덕였다.

"예, 아가씨. 그리고 앞으로 초린으로 불러 주십시오."

기껏 신분을 숨기고 잠입했는데 본명을 부르면 곤란해진다. 주혜연은 알겠다며 초린으로 정정했다.

"무림맹에서 어째서……?"

"자세한 것은 말씀드리지 못하는 것은 양해해 주십시오. 조용히 있던 마교인들이 광동성에서 무슨 일을 계획하는 것 같아서 저와 몇몇의 동료들이 잠입했습니다."

그 말은 초린 말고도 몇 명이 더 있다는 뜻이었다.

"그럼 소미는……."

"공소미의 본명은 공예령. 독공을 익혔으며 영혼사독(靈魂死毒)이라는 별호를 가지고 있을 정도로 무시무시한 마교인입니다."

영혼사독. 별호가 무시무시하다는 생각이 들었다. 풀이하자면 영혼을 죽이는 독이라는 뜻이다. 그런 어마어마한 별호가 붙은 걸 보면 꽤 대단한 독공을 익히고 있던 모양이었다.

"독공을 익히면 얼굴이 녹아내리거나 피부가 나빠진다고 들었어요."

공소미의 얼굴은 깨끗함 그 자체였다. 주혜연보다도 더 좋았다. 그런 그녀가 독공을 익혔다는 것이 이상하게 생각되었다.

"인피면구라고 들어보셨습니까?"

"인피면구……요? 사람의 얼굴처럼 만든 가면을 말하는 건가요?"

"저도 유종상단에 잠입한 마교인을 조사하면서 알게 된 사실입니다. 얼마나 정교한지 공예령의 인피면구는 저조차도 감쪽같이 속아 넘어갔으니까요. 사실 확인을 위해 신분을 속이고 유종상단에 들어가 공소미를 따라오게 되었습니다."

설마 마교인들이 유종상단에 들어왔을 줄은 몰랐다는 듯 충격을 받은 주혜연. 믿지 못하겠다는 표정이었지만, 곧이어 대문 안으로 공소미의 시체 처리를 맡았던 지연향과 다른 호위 무사가 안으로 들어왔다.

"소문주님. 시체를 치우다가 이런 것이 발견되었습니다. 또 얼굴형과 몸의 비율이 맞지 않아 조사해 본 결과 이런 것도……."

지연향은 종이에 잘 감싸인 무언가와 살갗처럼 보이는 것을 들고 있었다. 살갗처럼 보이는 것은 인피면구였다. 주혜연이 눈을 동그랗게 뜨며 그것을 바라보고 있었다. 정말 사실일 줄 몰랐던 것이다.

백화령은 종이를 받아 들고 펼치더니 손가락에 살짝 찍어 먹어 보았다. 그녀는 곧 이것이 무엇인지 금방 알 수 있었다.

"인병초의 분(粉)이로군요."

"저는 못 믿겠어요!"

주혜연은 자신이 확인하겠다는 듯 품에 지니고 있던 은 젓가락을 인병초 가루에 물을 타서 찍어보았다. 그리고 곧 은젓가락이 검게 변질되는 것을 볼 수 있었다.

"마, 말도 안 돼……."

초린의 말은 전부 사실이었다. 오랫동안 공소미와 친하게 지내던 주혜연. 설마 그 모든 것이 의도된 것이었다고 생각하니 소름이 돋을 지경이었다. 설마 공소미가 자신의 목숨을 노리던 살수일 줄은 몰랐기 때문이다.

"믿었는데……."

배신감이 든 주혜연. 공소미가 아니라고 확신을 했는데 그 믿음이 배신당해 버렸다. 하지만 그 누구도 그녀의 마음을 알아주지 못했다. 공소미와 친밀하다는 것까지만 알지 추억까지는 모르니까.

"그럼 어제 약방에서 의원님을 불러오시지 않은 건……."

"의원이 없던 것은 사실입니다. 또한 있다고 해도 부를 수 없었습니다. 공소미에게 포섭될 수도 있고, 그렇지 않으면 살해당했을 테니까요."

맞는 말이다. 정말 사람을 생각하는 의원이었다면 어떤 일이 벌어졌을지 모른다. 데리고 와도, 데리고 오지 않아도 피해를 보게 된다면 차라리 데리고 오지 않는 것이 현명한 방법일 것이다.

"그럼 그때 약재와 함께 가지고 왔던 풀은……."

"증상으로 보아 인병초가 아닌지 의심했습니다. 공예령

이 즐겨 사용하는 독이니 가능성이 높다고 보고 가지고 온 것이지요."

그것을 같이 먹이기만 하면 공예령이 아무리 인병초를 먹였어도 괜찮았을 것이다. 오히려 내성을 길러 주게 되는 것이라 나중에는 오히려 면역이 생겼을 것이다.

'나는 그런 줄도 모르고…….'

그녀는 공소미가 공예령이 맞는지 확인차 온 것이지, 주혜연을 지킬 목적이 아니었다. 그럼에도 초린은 말없이 주혜연을 도우려고 했다. 그러나 주혜연은 그런 초린을 의심하고 말았다. 대단히 미안한 일임은 확실하다.

"죄송해요. 저는 그런 줄도 모르고 의심만 하고…….."

"상황이 그러했으니 신경 쓰지 않습니다."

초린은 딱히 개의치 않는 표정이었다. 공예령에게만 시선을 집중한 나머지 의심당할 일을 많이 했으니까. 또한 공예령이 자신에게 접근하기에 기분이 나빠서 계속 거리를 벌렸다. 사파와 마교에 대한 불신이 뼛속까지 있는 그녀기 때문에 자신에게 다가오는 것을 극히 꺼린다.

그 때문에 의심할 만한 행동을 많이 만들어 버렸다. 거기서 의심을 안 하면 더 이상한 일이다.

"아직 조사가 끝난 것은 아닙니다. 또 다른 마교인이 그녀와 함께 이야기를 나누던 것을 들었으니까요."

풀숲에 숨어서 공예령과 또 다른 인물에 대해 들은 것은 초린도 포함되어 있었다.

"초린 씨도 그곳에 계셨던 거군요?"

"……명장께서도 그곳에 계셨습니까?"

흑수가 고개를 끄덕였다. 초린은 전혀 몰랐다는 표정이었다. 대화를 하던 공예령과 흑영도 몰랐는데 거리가 더 멀었던 초린이 알 리 없었다.

"그러면 누가 더 있는지 직접 물어보면 되겠네요. 혈을 제압해 놓았으니까요."

"……생포했다고요?"

"네."

흑수는 평소처럼 말한 반면, 초린은 놀라운 시선을 거두지 못했다. 마교인을 생포하다니. 큰 공을 세운 것과 다름이 없었다. 그렇다면 얘기는 쉬워졌다. 초린이 당장 자리에서 벌떡 일어났다.

백화령도 마교인들이 무슨 속셈으로 유종상단에 들어온 것인지 물어보기로 했다. 그들의 목적은 백화령도, 흑수도 아니지만 무슨 속셈이 있는지 아는 것이 중요했다.

"저도 따라가겠어요."

주혜연도 함께하겠다는 듯 자리에서 일어났다. 따라오는 것은 상관없지만, 백화령이 말렸다.

"못 볼 꼴 볼 수 있습니다."

상황에 따라 고문도 하겠다는 의지였다. 흑수도 대충 예상한 바였다.

"유종상단에 더 있다고 하잖아요. 저도 알 의무가 있어요."

그렇다면 딱히 말릴 수 없었다. 백화령도 납득했다. 흑영을 데리고 왔던 무인들이 그들을 뒤뜰로 안내했다.

뒤뜰에는 한 명의 남성이 사지를 포박당한 채 앉아 있었다. 점혈에 당한 상태라고 해도 만일에 대비하는 것이다. 흑수는 일단 말을 할 수 있도록 점혈을 풀었다. 점혈이 풀리기 무섭게 흑영이 키득 웃었다.

"나도 참 멍청하지. 네놈을 마교인으로 믿었으니. 그래서 누님의 정체도 알고 있겠다, 내게서 뭘 더 알아내시려고?"

흑영이 킥킥 웃으며 흑수를 바라보고 있었다. 움직이지 못하는 상황에서도 밖에서 하는 얘기는 전부 들은 것이다. 상황을 타개하고자 제대로 확인하지 않아 자신들의 존재를 알린 꼴이 되어 버렸다.

"혹 목소리를 들어 보았거나 본 적 있습니까?"

주혜연은 고개를 저었다. 흑영은 그녀도 오늘 처음 보는 사람이었던 것이다.

"목소리도 그렇고, 얼굴도 그렇고 처음 보는 사람이에요."

"최소한 유종상단에 잠입한 마교인은 아니라는 소리군요."

초린이 허리춤에서 칼을 꺼내며 그의 목에 겨눴다.

"말해라. 너희들에게 명령을 내린 사람과 유종상단에 들어온 또 다른 마교인은 누구지?"

"내가 왜 말해야 되지?"

그 말이 끝나기 무섭게 초린이 그의 허벅지에 칼침을 놓았다. 말없이 행한 것이다. 주혜연이 고개를 돌렸다. 그녀는 이런 장면을 난생처음 보는 것이다. 흑수는 살인에 익숙해진 덕분인지 고문 정도에 고개를 돌리지 않았다.

그다지 좋은 장면은 아니라는 것은 알기에 인상이 찌푸려지기는 했지만 말이다.

"크큭! 깜짝 놀랐잖아."

흑영이 괴로운 듯 신음했지만, 결코 소리를 지르지 않았다. 오히려 괴로워하면서 웃고 있었다.

"누가 이기는지 계속해 볼까?"

초린이 이번에는 반대쪽 허벅지를 겨냥하고 있었다. 흑영이 키득 웃었다.

"큭큭! 너도 남의 고통을 즐기는 녀석이냐? 같은 부류끼리 너무하는군."

더 들어볼 것 없다는 듯 초린의 검이 녀석의 허벅지를 꿰뚫었다.

"쓸데없는 소리를 하면 죽여 달라고 할 때까지 찔러 주지. 원하는 대답을 하면 고통 없이 보내 주도록 하지."

"어쨌든 죽이겠다는 소리로군. 하기야, 말로는 의와 협을 위해 움직인다고 해 놓고 뒤가 구린 위선자들에게 기대하는 것 자체가 바보지."

그녀는 이번에 녀석의 종아리를 찔렀다. 비명을 지를 법도 한데, 그는 소리조차 내지 않았다.

"마교 놈들에게 베풀 자비는 없다. 말해라. 마교에서는 무슨 일을 꾸미고 있고, 왜 유종상단에 잠입한 거지?"

상당히 잔혹한 모습이었다. 주혜연은 아예 시선을 피하고 있었다. 흑수도 처음에 백화령이 살수들을 잡았을 때의 모습을 보기 어려워했으니 그 기분을 이해하고도 남았다.

"그만해, 그만. 난 남의 고통은 즐겨도 내 고통을 즐기는 녀석은 아니라고."

"말할 생각이 든 건가?"

"그래."

갑자기 마음이 바뀐 것일까? 녀석이 진실을 말하려고 하자 모두의 시선이 그에게로 향했다. 마교인치고는 너무 쉽게 입을 여는 것이 아닌가 의심이 들었다.

"말해 주도록 하지. 아주 고급 정보를 말이야. 내 동료들이 광동성에 들어오고 유종상단에 잠입한 이유는……."

그러나 곧 그에게 심상찮은 일이 생겼다.

"푸헉!"

흑영의 입에서 피가 쏟아지며 초린의 옷에 튀었다. 무슨 일이 일어나는 것인지 모르지만, 흑수는 일단 주혜연의 눈을 가렸다. 그녀에게 이런 장면은 썩 보기 좋은 것이 아니었다.

초린이 인상을 와락 찌푸렸다. 마지막까지 비릿한 미소를 짓던 녀석은 끝내 비밀을 말하지 않은 채 죽음을 맞이했다. 어쩌면 그는 이런 결말이 될 것을 처음부터 알고 있었는지도 몰랐다. 초린이 무심한 눈으로 소매로 대충 얼굴에 튄 피를 닦아 내었다.

"제가 성급했군요. 금제가 걸려 있었습니다."

설마 이토록 치밀하게 일을 진행하고 있을 줄은 몰랐다. 애초에 금제가 걸려 있다는 것을 알았어도, 초린이 할 수 있는 것은 없었을 것이다. 결국 초린은 흑영에게 농락만 당한 꼴이 된 것이다. 하지만 확실한 수확이 있었다.

"유종상단에 아직 마교인들이 남아 있다는 것은 확인이 되었군요."

아직 위협은 남아 있다. 절대 안심할 수 없었다. 다만 누가 마교인인지 확실치 않은 상황이었다. 주혜연의 표정이 어두워졌다. 설마 상단에 마교인들이 올 줄이야. 전혀 예상치 못한 일이다.

"마교인들은 무섭네요. 감쪽같이 신분을 속이면서까지 뭘 하려는 걸까요?"

"녀석들이 무슨 계획을 세우고 있는지 모르지만, 서서히 고개를 내밀고 있습니다. 분명 좋지 않은 일이겠지요. 일단 저는 계속 아가씨의 곁에 시녀로 머물 겁니다. 아가씨도 절 시녀로 대해 주시기 바랍니다."

"알겠어요. 그럼 전 늘 하던 대로 대하겠어요, 초린."

초린은 유종상단에 잠입한 마교인들의 목적과 그 이유에 대해 알아내는 임무를 맡았다. 그러니 그동안 믿음직한 사람이 되어 주혜연의 곁을 지켜 줄 것이다.

마음을 놓을 수 있는 사람이 생겼다는 것은 당장 안도해도 될 일이었다. 하지만 초린 혼자 위협을 막을 수는 없을 것이다.

"명장님."

주혜연이 흑수를 바라보았다.

"저를 도와주세요."

"……"

흑수가 인상을 찌푸렸다. 어제 일이 불현듯 생각났기 때문이다. 솔직히 말하자면 도와 달라고 하니 거부감이 들었다.

"솔직히 말씀드리자면 사례를 드릴 수 있다고 확신할 수 없어요. 정말 제 몸 하나밖에 없는 몸이니까요. 하지만 이번에는 약속할 수 없는 사례나, 제 몸을 조건으로 걸지 않겠어요."

그녀는 결의에 찬 눈을 하더니 곧 무릎을 꿇었다. 흑수의 눈이 동그랗게 떠졌다. 설마 무릎까지 꿇을 줄은 몰랐기 때문이다.

"이번에는 진심이라는 것을 알아주세요. 도와주세요."

그녀는 눈물을 흘리지도, 동정을 유도하지도 않았다. 무릎을 꿇었음에도 비굴하지도 않았다.

그녀의 모습을 비유하자면 마치 전장에서 사로잡혀 담담히 죽음을 기다리는 장수와 같은 모습이었다.

자신은 떳떳하게 요청했다. 그러나 흑수가 그 요청을 받아들일 이유가 없다는 건 여전했다. 그러니 이번에 거절을 당해도 실망하지 않을 것이다.

흑수는 한참 그녀를 뚫어져라 바라보았다. 어떤 결정이라도 받아들일 준비가 되어 있다는 그 모습에 흑수의 얼굴에 미소가 피어올랐다.

"알겠습니다. 도와 드리겠습니다. 현재 거주하시는 곳은 위험할 테니 대장간에서 지내도록 하세요. 그편이 인력 낭비가 덜할 테니까요."

그의 대장간에는 신녀문의 호위 무사들이 있다. 그들은 하루도 거르지 않고 매일 불침번을 서며 위협에 대비하고 있었다.

게다가 이번에는 무림맹의 초린까지. 습격에 대비한 전력이 대폭 늘어난 것이다.

"아가씨의 현재 사정과 오늘 있었던 일에 대해서 종리세가에도 전해 두도록 하겠습니다."

"감사합니다. 명장님."

흑수가 만족스럽게 웃다가 호칭이 신경 쓰였다.

"흑수라고 불러 주세요."

"흑수…… 검은 손이요?"

검은 손. 설마 그것이 이름이라고는 생각지도 않았다. 주혜연이 의문에 잠겨 있자, 흑수가 다시 말했다.

"단흑수. 그게 제 이름이거든요."

"아……."

흑수의 이름을 처음 들었다. 광동성 제일의 명장이라든지, 묘수신장, 대력추라는 것은 알고 있었어도 이름까지는 몰랐다.

주혜연의 얼굴에 미소가 피어올랐다.

"네. 흑수 님."

그제서야 겨우 그녀는 하늘에 떠 있는 달처럼 밝게 웃을
수 있었다.

제7장
설용미의 정체

　호위 무사들이 간밤에 공예령과 흑영의 시체를 처리했지
만 어찌 된 영문인지 이튿날이 되자 마을이 시끌벅적해졌
다. 지난밤 마을 내에서 무림인 간의 싸움이 있었다는 소
문이 돌고 있는 것 같았다.

　무림인들과 엮여서 좋은 일이 없기 때문에 시끄러워도
밖으로 나가는 사람은 없어서 어떤 일이 벌어졌는지 제대
로 아는 사람은 없었다.

　그 소문을 들은 소소는 과수원 일을 돕다 말고 대장간에
방문했다.

　"오빠, 나왔어!"

작업실에서 일하고 있던 흑수는 그 우렁찬 소리를 듣고 밖으로 나왔다. 벽에 걸어 두었던 웃옷을 입고 밖으로 나오니 초린이 대문을 열고 그녀를 먼저 맞이하고 있었다.

"어서 오십시오. 조소소 님."

"뭐, 뭐야. 왜 주혜연 아가씨의 시녀가 맞이해 주는 거야?"

어제 일에 대해 아무것도 모르는 소소는 그녀가 대문을 열고 맞이해 주는 것에 이상함을 느꼈다.

때마침 주혜연이 방에서 나왔다. 주혜연이 종리연이 머물렀던 방에서 나오자 소소가 기겁했다.

"왜 주혜연 아가씨가 저 방에서 나오는 거야?"

"사정이 있어서 잠시 대장간에 머물기로 했어."

"머문다고? 오빠 대장간에서?"

"응."

흑수가 대수롭지 않은 듯 긍정했다. 소소는 어제 있던 일과 관련되어 있는 것이 아닐까 추측했다.

'그러고 보니 푸줏간 근처에서 그 소란이 있었다고 했지?'

신녀문의 호위 무사들이 핏자국이나 시체를 치운 덕분에 그 흔적은 거의 없지만, 그래도 좋지 않은 소문이 나돌고 있는 것이 사실이다. 혹시 그와 관련되어 이곳에 머무는 것이 아닐까 하고 생각했다.

"무슨 일이 있던 건데? 어제 간밤에 무인들끼리 싸웠다는 말을 들었어. 그것과 관련된 일이지?"

추궁하듯 묻는 소소지만, 흑수는 그에 대답할 수 없었다.

"미안. 그건 말 못 해."

마교와 연관된 일에 소소를 끼어들게 하고 싶지 않았다. 정파에 있는 무당파라고 하지만 소소가 나서게 하는 건 흑수가 원치 않는 일이었다.

피할 수 있는 일을 소소가 피하지 못하게 되면 흑수가 괴로울 테니 말이다. 차라리 이대로 모르는 것이 훨씬 나았다.

"종리연도 오랫동안 대장간에서 같이 지낸 것으로 알고 있는데?"

"그렇긴 한데. 그래도 아가씨라는 말은 붙여야지, 소소야."

"흥! 보이지 않는데 굳이 붙여야 하나?"

사이가 참으로 좋지 않다고 생각하며 흑수가 고개를 가로저었다.

'지금 나이에 사춘기도 아니고……'

서로 어디에 앙금이 있는 것일까? 혹시 오해가 있는 게 아닐까 생각하면서 머리를 벅벅 긁었다.

"어쨌거나 종리연과 소문주님도 모자라 이번에는 주혜연 아가씨야?"

"누가 들으면 오해할 소리를 아무렇지 않게 하는구나? 사정이 있어서 그래. 이곳이 안전하기도 하고 말이야."

"남녀가 유별한데 같은 지붕 아래 지내도 되는지 몰라. 이상한 소문 퍼지면 어쩌려고 그래? 마을 사람들에게 들어 보니 오빠 소문이 별로 좋지 않던데."

확실히 그것은 좀 곤란한 일이기는 했다. 이미 종리연 때문에 마을에 이상한 소문이 퍼지고 있었다.

종리연과 흑수가 서로 연정이 있는 사이인데 신분 때문에 서로 혼인하지 못했다, 종리연이 가문의 반대를 무릅쓰고 집을 나왔다 등등.

거기다 이번에는 종리연이 집에 돌아가고, 백화령이 그의 대장간에 머무는 덕분에 또 이상한 소문이 돌고 있었다.

흑수가 종리연을 차고 백화령과 지내고 있다, 혹은 한 명은 정실, 다른 한 명은 첩이 될 예정이다 등등.

"나는 사실이 아니라서 신경 안 써."

정작 흑수는 사실이 아니기에 신경 쓰지 않고 있지만, 종리연과 백화령에게 좋을 게 없는 것은 사실이었다.

일일이 돌아다니면서 사실이 아니라고 해도 소용이 없을 테니 그저 잠잠해질 때까지 가만히 있는 것이다.

흑수의 귀로 들어온 게 이 정도인데, 다른 사람들끼리 모이면 어떤 얘기를 할지…… 아마 자신이 들은 소문 이상으로 더 많은 소문이 부풀려지고 있을 게 분명했다.

함부로 말하지 못하는 것은 종리세가와 신녀문에서 가만히 있지 않을지도 모르니 자중하는 것이리라.

"이 둔탱아, 그게 문제가 아니잖아!"

그러다가 흑수 본인이 위험해지면 어쩌려고 그러는지. 종리세가나 신녀문이 그럴 일은 없겠지만 앞은 모르는 일이다.

가주가 원치 않아도 그 수하들이 좋지 않은 소문의 근원을 없애고자 흑수에게 해코지를 할 수 있었다. 흑수가 쉽게 당하지는 않겠지만 아무리 고강한 무인이라도 다수를 이기지 못하는 법이다.

"어허, 오빠에게 둔탱이라니. 심하잖니."

"몰라!"

소소가 팔짱을 끼며 고개를 돌렸다. 흑수가 후후 웃었다. 자신을 걱정해 주니 고마웠다. 대장간에 지내는 사람들이 전부 여자라서 흑수도 조심하고 있었다.

"그런데 무슨 일로 온 거야?"

소소는 한동안 고개를 돌리고 있다가 흑수의 말에 자신이 여기 온 목적을 떠올렸다.

"그나저나 어제 일은 괜찮은 거야?"

"어제?"

"어제 푸줏간 근처에서 무인들끼리 싸우는 소리가 났다고 해서 말이야. 혹시 주혜연 아가씨가 이곳에 있는 것도 다 그 이유 아니야?"

자세한 것은 모르고 있지만 대장간에 주혜연이 머무는 것이 그 이유가 아닐까 생각한 모양이다. 의외로 눈치가 빠른 소소다. 흑수는 고개를 끄덕였다.

"눈치가 빠르구나? 맞아. 그 이유 때문이야."

"무엇 때문인데?"

그 이유를 자세히 말할 수 없는 법이다. 흑수는 미리 변명거리를 생각해 놓았기에 대답했다.

"어제 소동도 있는데 푸줏간에 지내기에는 위험하잖아. 그래서 여기에 잠시 지내라고 했어. 신녀문의 호위 무사들도 있으니까."

확실히 구포현에서 이곳이 가장 안전하다고 할 수 있다. 백화령과 호위 무사 다섯. 게다가 흑수까지 전력으로 넣으면 무려 일곱 명이다. 평범한 대장간에서는 거의 불가능한 일이었다.

"그러고 보니 한 명이 안 보이는데. 어디로 간 거야?"

소소는 공소미가 없다는 것을 금방 눈치챘다. 거기까지 변명거리를 생각하지 않아 망설이고 있는데, 주혜연이 대신 대답해 주었다.

"소미는 유종상단으로 돌아갔으니 걱정 마세요."

자신 같았으면 자신을 노린 살수에 대한 얘기를 꺼내기도 싫을 텐데 기꺼이 나서서 말을 해 주는 주혜연이다. 소소가 의아한 표정으로 되물었다.

"유종상단이요?"

"네. 제가 유종상단의 후계자거든요."

아무렇지 않게 대답하는 그녀를 소소가 멍하니 바라보았다. 있는 집 자식이라고는 생각했는데 설마 유종상단의 여식이었다니. 멍한 표정으로 바라보다가 소소가 흑수의 옆구리를 팔꿈치로 찌르며 조용히 물었다.

"오빠, 유종상단은 종리세가와 적대 관계 아니었어?"

"맞아. 하지만 괜찮아. 그녀는 현재의 유종상단과 적대적이거든."

그 내부의 사정에 대해 훤할 테니 오히려 도움이 될 일이다. 그가 흔쾌히 그녀를 보호하고 있는 것도 이해가 되었다.

사정은 모르지만 그녀가 유종상단의 적이라면 유종상단

입장에서는 큰 골칫거리일 것이 분명했다.

소소도 유종상단에 대한 소문을 대충 들은 바가 있어서 납득했다.

"그래서 보호도 할 겸이라는 거구나?"

"그런 거지."

이 정도면 대충 오해할 소지는 없다고 봐도 무방했다. 소소도 안심하는 것을 보니 대충 대답은 된 것 같았다.

"그럼 계속 보호할 수는 없는 노릇 아냐? 적대적이어도…… 유종상단의 사람이라면 이를 빌미로 공격할지도 모르는데?"

주천세가, 정가, 유종상단이 연합해서 종리세가를 몰아붙이려고 하고 있다. 지금까지 칼부림이 생기지 않은 것은 적당한 명분이 없었기 때문이다.

종리세가는 충분히 그 명분이 있다. 그러나 주천세가와 정가는 그에 합당한 명분이 없는 상태다. 종리세가가 대대적으로 자신들의 세력을 흡수하려 한다 주장하고 있었지만 그건 억지 논리에 지나지 않았다.

그쪽에서도 그것을 알기에 함부로 공격하지 않고 눈치만 보고 있었다. 게다가 그들이 얌전히 기다리는 이유는 바로 유종상단에서 자금을 틀어막으면서 종리세가의 힘이 약해지고 있었기 때문이다.

전쟁 전 상대를 약하게 만드는 것은 중요한 일이었다. 허나 주혜연을 데리고 있다면 진짜 전쟁 명분을 줄 수도 있었다.

"그래서 종리세가에 보낼지 말지 고민 중이야. 유종상 단이 하부 업체들과 자금을 차단하려고 하고 있고, 주천세 가와 정가에서는 무력을 쓰려고 그 빌미를 노리고 있으니까."

급한 일인 만큼 종리연에게 전서구를 보내 놓기는 했지만 어떻게 할지는 그녀가 판단할 일이다. 흑수는 그저 그녀를 보호하기만 하면 될 일이다.

평화로웠던 광동성에 당장 피바람이 불게 생겼다.

아직까지 본격적으로 칼부림을 시작하지 않았지만, 지금 상황을 비유하자면 폭탄 심지에 불이 붙어 언제 터질지 모르는 불안한 상태다.

그런 불안정함 때문에 성도의 사람들이 길거리를 돌아다니기 꺼릴 정도니 말은 다한 셈이다.

"그런데 여기 온 목적은 그것뿐이야?"

"기껏 찾아왔더니 그 말뿐이야? 기껏 걱정해서 와 줬다는 생각은 안 해 봤어?"

"걱정해서 와 줬구나. 우리 소소 많이 컸네."

흑수가 소소의 머리에 손을 얹고 쓰다듬었다. 평소 같았으면 그 손길을 즐겼겠지만, 오늘은 그 손을 뿌리쳤다.

"또 애 취급! 보는 사람 눈은 신경도 안 쓰지?"

하다못해 주혜연이 없었다면 이러지는 않았으리라. 주혜연은 어색하게 웃으며 이를 지켜보고 있었다.

'소소 님이 많이 힘드시겠어.'

한쪽은 연정을 품고, 다른 한쪽은 동생이라는 감정밖에 없다. 제삼자가 지켜볼 때 안타까운 일이기도 했다.

소소는 팔짱을 끼며 자신이 이곳에 온 목적을 말했다.

"물론 그것도 이유지만, 무당에서 갑자기 날 불러서 말이야. 무슨 일인지 갑자기 날 성도로 부르더라고."

"그래? 어째 무슨 일인데?"

"나도 모르지. 다짜고짜 불렀으니까. 휴가 막바지라서 이해하지만 그래도 좀 더 쉬었다가 가고 싶었는데."

소소가 한숨을 내쉬며 고개를 가로저었다. 흑수는 무슨 바쁜 일이 있겠거니 하고 생각하며 대수롭지 않게 여겼다.

"언제 출발하게?"

"미시(未時, 13:00~15:00) 즈음에 출발할 거야. 못 보낸 휴가만큼 연장해 주려나 모르겠네."

휴가를 연장해 줄 것 같지 않았다. 사실상 오늘로 휴가는 끝이라고 보면 됐다. 흑수가 미소를 지었다.

"그래, 조심히 가. 강호에 가서 몸조심하고."

"내 몸 지킬 실력은 되니까 걱정하지 마. 오빠나 조심해. 상황도 좋지 않은데."

"지금 상황상 웃어넘길 수는 없겠네."

평상시였으면 걱정 말라고 웃으며 말하겠지만, 지금 상황을 보자면 웃어넘길 수 없는 상황이기는 했다.

종리세가에서 잘 대처할 거라고 생각하지만 불안감은 남을 수밖에 없는 탓이다. 무엇보다 지금 상황은 종리세가의 존망이 결정될 일이라고 할 정도니 얼마나 상황이 나쁜지 알 수 있다. 웃어넘길 만한 상황이 아니라는 것이다.

"근데 마지막까지 아주머니랑 있지, 왜 나한테 왔어?"

"어머니한테는 인사하고 왔어. 어차피 가야 하는 길이니 잠깐 여기에 있다가 가려고."

나 잘했지? 라고 말하는 듯 웃는 소소. 흑수는 아직 철이 덜 들었구나 생각하며 그녀의 이마에 딱밤을 먹여 주었다. 조금 세게 때린 감이 없잖아 있는지 그녀의 눈가에 눈물이 맺혔다.

"왜 때려."

"정신 차리라고."

그렇게 있으니 신녀문의 호위 무사 한 명이 그에게 다가왔다.

"명장님. 종리세가에서 서찰이 왔습니다."

호위 무사가 서찰을 가지고 왔다.

"갑자기 웬 서찰?"

흑수는 의문을 표하면서 호위 무사가 건네주는 서찰을 받았다. 종리세가에서 급한 일로 서찰을 보낸 것 같았다.

"급한 일인가 보네요?"

흑수가 오늘 해가 뜨자마자 서찰을 보내 놓았지만 종리세가에 도착했을 리가 만무했다.

글씨체를 보아하니 종리연이 보낸 것 같았다. 많은 내용이 쓰여 있지 않아 읽는 것도 금방이었다.

"무슨 내용이야?"

가장 먼저 궁금해한 것은 소소였다. 자세한 내용을 그녀에게 말해 줄 수는 없었다.

"종리세가로 와 달라는데?"

"종리세가……로?"

소소가 인상을 찌푸렸다. 왜 하필 그런 서찰을 보냈는지 의심하는 눈치다.

"소문주님은 어떻게 하실래요? 저보고 오라는 것은 있어도 소문주님은 언급이 안 되어 있는데."

"종리연 아가씨도 제가 대장간에 있는 목적을 알고 있으니 같이 오는 걸 염두에 두었을 겁니다."

신녀문에서 온 목적은 흑수의 호위다. 그가 어디를 가든 항상 호위 무사가 따라올 수밖에 없었다. 종리연이 그것을 모를 리 없었다.

"주혜연 아가씨도 같이 가는 게 좋을 것 같네요."

마교에서 무슨 짓을 벌이고 있는지 모르는 상태에서 혼자 남겨 둬 봤자 좋을 것이 없었다. 그녀도 그것을 이해하고 있었다.

다시 소소를 바라보니, 그녀의 표정이 다시 밝아져 있었다.

"가는 길은 같으니까 같이 가면 되겠네."

"그러게. 성도에 도착하면 다시 헤어져야겠지만."

"마침 무당에서 마차를 보내 준다고 했거든? 그러니 같이 타고 가자."

다른 곳도 아니고 무당의 마차를 타고 가다니. 고마운 일이기는 하지만, 흑수는 거절했다.

"괜찮아. 폐를 끼칠 수는 없잖아."

"우리가 어디 남인가? 걱정하지 마. 내가 잘 말해놓을 테니까."

혹시 혼나지 않을까 생각이 들었지만, 태워 준다고 하니 고맙게 받기로 했다.

"아, 그리고 소소야."

"왜?"

"남이 아니라고 말하고 싶은 모양인데, 엄연히 따지면 우리 남이야."

"그건 너무하잖아!"

소소가 주먹을 쥐고 그를 때리기 시작했다. 그 발언은 정말 열 받은 모양이었다. 흑수가 장난이라는 듯 하하 웃었지만 쉽게 풀리지 않는 듯 계속 그의 팔을 때리는 소소. 살짝 진심이 들어간 것 같지만, 그렇게 아프지 않았다. 반대로 소소는 자신의 손이 아파 오고 있었다.

"몸이 왜 이리 단단한 거야?"

이게 다 오행진기 중 금기의 영향이다. 칼침도 제대로 안 들어가는데, 내력이 실리지 않은 주먹이 아플 리 없었다. 소소의 입장에서는 철판을 주먹으로 때리는 기분이었을 것이다.

*　　*　　*

종리세가에 흑수의 서찰이 뒤늦게 도착했다. 종리연은 흑수의 서찰을 받는 즉시 종리추에게 보고했다. 종리추는 흑수의 서찰을 보고 침음을 했다.

"유종상단에 잠입한 마교인들이라……."

서찰에는 간밤에 있던 일과 함께 현재 대장간에서 주혜

연을 보호하고 있다고 쓰여 있었다. 어떤 일이 있었고, 대처를 어떻게 했는지 상세히 적어 놓아 이해하는 것은 어렵지 않았다. 흑수는 마교인들이 유종상단에 더 있을 수 있으니 각별히 주의하라는 내용을 써서 보낸 것이다.

"예상보다 일이 더 커진 것 같아요."

종리연은 이 사실이 믿기지 않았다. 설마 마교가 언급될 줄은 꿈에도 몰랐기 때문이다. 종리추도 사태의 심각성을 이제 깨달은 참이다.

이제는 단순한 세력 싸움이 아니었다. 마교가 음모를 꾸미고 있다는 것은 강호에 피바람이 불 것을 예고하는 것과 같았다. 마교가 무슨 일을 벌일 때마다 강호는 혼란스러웠다. 무림맹에 이 사실을 알릴 필요성이 있다는 생각이 들었다.

"하지만 이게 사실이 아닐 경우 오히려 우리가 더 큰 봉변을 당하게 될 터인데……."

증거가 없이 무림맹의 힘을 빌리는 것은 못 할 짓이다. 확실한 증거가 필요했다.

세력 싸움에 승리하고자 구체적인 증거도 없이 무림맹을 움직이려고 한다고 오해를 빚게 될 테니까.

오히려 그것이 종리세가를 옥죄는 일이 될 수 있다. 마교와 관련된 일이 사실이라고 해도 구체적인 증거가 있어야 하는 법이다.

"어렵구나, 어려워. 사실이 아니어도 큰일, 사실이어도 큰일이구나."

마교가 정말 있다면 얼른 그 싹을 잘라 내는 것이 현명하지만, 사실이 아니라면 정파의 이름을 더럽히는 일만 된다.

종리추는 이러지도, 저러지도 못하는 상황이었다. 종리연도 이 문제에 있어서는 신중할 필요가 있다는 것을 누구보다 잘 알고 있었다.

"유종상단에 감시자와 세작을 늘릴까요?"

"따로 보낼 인원이 있느냐?"

"아뇨……."

가용할 수 있는 인원은 이미 한계였다. 감시해야 할 곳이 너무 많다 보니 생긴 일이다. 종리연과 종리추의 눈가에는 검은 그림자가 짙게 내려앉았다.

"일단 배치된 이들이 알아내기를 기대하는 수밖에. 그래서 지금 주천세가와 정가의 동향은 어떻다고 하더냐?"

종리추가 본론으로 들어갔다. 그들에게는 지금 당장 명백히 중요한 현실이 닥쳐 있었다.

"전쟁 준비를 마쳤다고 해요. 당장 쳐들어와도 이상할 게 없다고 보고를 받았어요."

"후우!"

종리추가 깊은 한숨을 내쉬었다.

"그리고 저번에 흑수 님에게 살수를 보낸 것이 확인되었어요."

"그래? 시일이 꽤 오래 지났구나. 누가 보냈다고 하더냐?"

"유종상단의 지부장인 박가라는 사람이 계획하고, 정가에서 살수를 알아봐 줬다고 해요. 정가에서 살수 단체들을 공유하고 있다는 첩보를 입수했어요."

"오호."

정가가 워낙 뒤가 구린 곳이긴 하지만 설마 살수들을 알아봐 줄 정도로 뒷세계와 연관이 깊은지 몰랐다.

"이거 흑수가 엄청 좋아하겠군."

종리추가 언제 힘들었냐는 듯 실실 웃었다. 종리추가 저리 웃는 것은 처음 보기 때문에 종리연이 혹시나 하여 물어보았다.

"아버지, 혹시 흑수 님을 부르라고 하신 이유가……."

"네가 예상하는 게 맞을 게다."

종리연이 기가 찬 표정으로 그를 바라보았다.

"아버지. 흑수 님을 끌어들이시려고 하시다니. 너무하신 것 아니에요?"

"나도 이러고 싶지는 않았다. 하지만 방도가 없구나. 애초에 흑수도 우리와의 일에 깊게 관련되어 버렸어. 주천세가, 정가, 유종상단에서 그의 목숨을 노리고 있다면 더더욱."

종리추의 말에 틀린 것은 없었다.

이미 유종상단에서 그에게 살수를 보냈다는 것은 흑수도 그들에게 노려지고 있다는 뜻이다. 조심해야 할 것은 종리세가만이 아니었다.

"앞으로 흑수 님을 어떻게 봐요. 흑수 님은 이 사실을 모르고 계실 텐데."

흑수를 이용해 전력을 늘리려고 하다니. 종리연은 아무리 생각해도 너무 염치가 없다는 생각이 들었다. 그를 마주할 자신이 없어졌다.

"흑수 님이 오시면 소문주님도 같이 오실 텐데……."

순간 불안감을 느낀 종리연. 자신의 불안한 생각을 부정하며 물었다.

"혹 신녀문도 끌어들이시려는 건 아니겠죠?"

"……."

부정을 하지 않자 자신의 생각이 맞았다는 것을 알게 된 종리연. 그녀가 경악했다.

"아버지! 그러면 저는 정말 흑수 님을 뵐 면목이 없어져요!"

"미안하구나. 하지만 걱정하지 말거라. 신녀문의 무인들까지 전력으로 할 생각은 없으니. 그들이 종리세가에 머물러 있어 주는 것 자체로 만족한단다."

종리연은 종리추가 무슨 뜻을 가지고 있는지 대충 파악할 수 있었다.

신녀문의 소문주가 있으면 그들 입장에서도 조심스러워질 수밖에 없을 것이다. 다른 사람도 아니고 무려 소문주다. 훗날 신녀문을 이끌게 될 백화령.

실수라도 백화령에게 해를 입히면 신녀문에서 가만히 있지 않을 것이다. 여성들로 이루어진 문파라고 해도 그 위세는 누구도 함부로 하지 못하는 것이다.

그들이 휘말릴 것을 염려하여 밤중에 쳐들어오거나 불을 놓지는 못할 것이다. 신녀문을 본 적도 없는 자들이 어떻게 구분한다는 말인가.

무엇보다 신녀문이 강호에 끼치는 영향력은 상당하다. 정파도 아니고, 사파도 아닌 중립의 입장이다. 그 때문에 그들은 정파인이든 사파인이든 가리지 않고 치료를 한다. 마교 때문에 정파에 기울고 있지만, 신녀문을 지지하는 사파도 꽤 된다.

강호의 은원 관계는 복잡하게 얽히고설켜 있다.

신녀문을 건드리게 되면 정파만이 아니고 사파에게도 노려질 수 있으니 그들도 신중해질 수밖에 없다. 입지 않아도 될 피해를 입게 된다면 그들도 곤란하게 될 것이다.

"아버지……."

종리추는 전쟁에 관해서 심리전과 용병술이 대단하다고 알려져 있었다. 그는 이용할 수 있는 것을 적극적으로 이용하는 것이다. 이를 욕할 수만은 없었다.

대놓고 티를 내고 있지 않지만 종리추는 그만큼 급박하다는 얘기였다. 현실적이기도 하고, 지금 상황에 적절한 전략이라고 해도 추악하다는 것은 부정할 수 없다. 종리추는 그만큼 필사적인 것이다.

"앞으로 일어날 일에 대한 것은 전부 내가 책임을 질 것이니 염려 말거라."

이미 모든 원한을 담담히 받아들이기로 한 모양이다. 자존심만큼은 누구 못지않게 대단하다고 자부하는 종리추다.

그가 이 정도 일을 벌였다는 것은 모든 걸 내려놓았다는 것과 다를 게 없었다.

자신의 명예와 자존심을 깎아 내리는 일이라는 것만큼은 부정하지 못한다. 그 사실을 남들이 알게 되면 손가락질할 것도 부정하지 못한다.

"혼자 있고 싶구나. 나가 보거라."

"······네."

종리연은 고개를 숙이며 밖으로 나갔다. 잠시 뒤를 돌아보니 종리추가 턱에 손을 괴고 탁상을 뚫어지게 바라보았다. 그의 얼굴은 마치 그늘이 진 것만 같았다. 오늘따라 아버지의 어깨가 좁다고 느껴지는 종리연이었다.

＊　　　＊　　　＊

유종상단. 장로들이 보는 앞에서 의원이 진찰을 보았다.

진맥을 보던 의원이 침음을 했다. 아무리 시간이 지나도 차도가 보이질 않으니 장로들도 답답했던 것이다.

"무슨 문제인가요? 병상에 누우시고 벌써 계절이 몇 번이나 지났어요."

의원이 고개를 저었다.

"도통 마음을 열고 계시지 않으십니다. 심병이 더욱 심해지셨습니다. 이대로라면 얼마 가지 않아서······."

사장로가 의원이 호통을 쳤다.

"그 흔한 침자도 놓지 않고 그런 말을 하는 겐가! 심병이 아니라 다른 문제가 있는 것이 아니고?"

"사장로!"

다른 장로들이 황급히 사장로의 입을 막았다. 안전은 취해야 한다는 병자 앞에서 호통을 치는 것만큼은 막았다.

"사장로님의 말도 맞아요. 탕약이라도 처방해 주세요."

"기력이 많이 소진된 상태이십니다. 원기를 회복시키는 보약이 좋을 겁니다."

"내가 구하겠네. 무엇이 좋은지 말하게."

사장로가 자신이 나서겠다고 하자 의원이 고개를 끄덕였다.

"고려 인삼이 원기 회복에 좋습니다. 또한 만병을 치료할 수 있는 천하의 보약이라고도 하지요."

고려 인삼은 구하고 싶어도 쉽게 구할 수 있는 상품이 아니다. 돈이 있어도 귀해서 못 사는 것이 고려 인삼이 아니던가!

조선의 상인이 이곳까지 온다면 충분히 구할 수 있겠지만, 그들이 광동성까지 오지는 않았다. 이곳에서 어떻게든 구한다고 해도, 다른 상인들을 거치기 때문에 상당한 고가를 자랑한다.

사신단이 와야 사행단으로 따라온 자들과 거래가 가능한 것이 인삼이었다.

유종상단이라면 고려 인삼을 살 돈을 충분히 마련할 수 있겠지만, 구하는 것이 문제다.

북경성까지 가는 건 둘째 치더라도, 조선에서 사신단이

언제 오는지 전혀 모르는 까닭이다. 조선에서 사신단이 올 때까지 마냥 기다릴 수는 없는 노릇이다.

"지금 당장 구할 수 없는 것이로군요."

"예. 하지만 구할 수 있다면 분명 차도가 있을 겁니다."

의원의 말에 모두가 침음했다. 사장로가 이를 부득부득 갈았다. 방법은 있는데 구하기가 현실적으로 너무 어려운 까닭이다. 답답함을 토해 내고 싶은데 할 수도 없었다.

"고려 인삼을 구하도록 하죠. 장로님들도 모든 인맥을 동원해서 찾아 주세요. 값은 모두 유종상단에서 지불할 테니 어떻게든 알아봐 주세요."

"예, 안주인님."

장로들이 고개를 숙이며 대답했지만, 사장로만큼은 고개를 빳빳이 세운 채 가만히 있었다.

사장로는 설용미를 마음에 들어 하지 않았고, 안주인으로 여전히 인정하지 않고 있었다. 다른 장로들이 쫓겨난 것도 그녀 때문이다.

무엇보다 청렴결백한 장로까지 비리로 쫓겨나지 않았던가. 그의 결백을 누구보다 잘 알던 사장로. 하지만 누구도 그의 말에 귀를 기울이지 않았다. 또한 장로들 몇몇은 갑자기 급사했다.

증거가 없지만 이게 전부 설용미가 벌인 일이라고 확신

하고 있었다.

'가식적인 년 같으니라고……!'

사장로는 설용미가 가식을 떨고 있다고 생각하고 있었다. 장로들을 다 내쫓고 자신만 남겨 둔 것은 이를 염두에 둔 일일 것이다.

주철피를 따르는 장로들을 전부 내쫓자니 의심할 것이 뻔하니 한두 명 정도 남겨 두어 의심을 조금이라도 회피하려는 것이 뻔했다.

이미 이 상단은 설용미의 것이나 다름이 없었다. 주철피가 다시 회복되면 몰라도, 그가 병상에 누워 있으면 설용미가 유종상단을 마음대로 주무를 것이다.

주철피의 측근인 자신이 남아 있기 때문에 아직 이 정도이지, 만약 그마저 없어지면 어찌 될지는 뻔하다.

그러나 지금 당장 설용미에게 대항할 수 없었다. 주혜연은 내쫓긴 것이나 다름이 없고, 자신과 뜻을 함께할 사람이 너무 적은 탓이다.

설용미를 몰아내고 싶지만 뜻을 함께할 사람이 거의 없다는 것에 애통할 뿐이다.

"다들 나가 주세요. 전 계속 옆에서 수발을 들겠어요."

그녀의 눈에 눈물이 맺혔다. 그녀는 눈물을 훔치며 마른 천으로 주철피의 이마에 맺힌 땀을 닦아 냈다.

장로들이 고개를 숙이며 나가고, 의원도 그들을 따라 나갔다.

사장로가 마음에 안 든다는 듯 그녀를 바라보다가 획 돌아보며 방 밖으로 나갔다.

썰물 빠지듯 순식간에 인원이 빠져나가고, 한 장로가 자리를 지키고 서 있었다.

설용미의 오른팔이라고 할 수 있는 허진용 장로였다.

"사장로. 내가 기껏 남겨 뒀더니 계속 내게 대항하려고 들어?"

설용미도 사장로가 자신을 싫어하는 것 못지않게 그를 싫어했다.

애초에 자신의 일에 언제나 훼방을 놓으려는 인물이다. 때로는 사장로 때문에 일이 꼬일 때도 있었다.

"꼴에 자존심이 있다는 건가? 말이 없기에 소심할 줄 알았더니 그게 아니었군. 이럴 줄 알았으면 사장로를 남겨두는 게 아니었는데."

일단 진정하고 그녀가 주철피가 누워 있는 병상 옆에 앉았다.

다리를 꼬고 앉은 그녀가 허진용에게 물었다.

"왜 안 나가고 있는 거지?"

당연히다는 듯 반말하는 설용미. 모든 장로들에게 존댓

말을 쓰던 그 모습은 어디 가고 없었다.

"보고할 것이 있습니다."

"말해."

이런 자리에서 보고를 할 것이 있다고 하니 분명 중요한 것일 게 분명했다. 설용미는 허 장로의 말에 귀를 기울였다.

"어제 주혜연이 살수의 정체를 알았습니다."

"뭐라고?"

그녀의 눈썹이 움찔거렸다. 설마 주혜연이 살수의 정체를 알게 될 줄이야. 이것은 사태가 꽤 심각하다고 할 수 있었다.

"그래서 어떻게 했지? 죽였나?"

만일 들키게 되면 살인멸구하라고 지시를 해 놓은 상황이다. 하지만 허 장로는 고개를 저었다.

"실패했다고 합니다. 그들의 시체와 흔적을 없애 어떻게 당한 것인지 확인조차 불가능했다고 합니다."

"그럴 리가. 그들이 그렇게 쉽게 당할 자들이 아니다."

"알고 있습니다. 하지만 사실입니다. 한 명은 무공을 배운 자에게 다른 한 명은 초린에게 당했습니다."

"초린?"

"유종상단의 시녀 중 한 명입니다. 들어온 지 일 년 남짓

되었습니다."

설용미가 초린이 누구인지 기억을 되짚어 보았다. 하지만 마땅히 떠오르는 인물이 없었다.

그녀가 이곳에 지낸 지도 어느덧 일 년이 되었다. 하지만 관심이 없는 사람의 얼굴과 이름을 일일이 기억할 정도로 세심한 사람은 아니었다.

"어쩌다가 시녀 따위에게 당한 거지? 예령이가 방심했다고 해도 쉽게 당할 아이는 아닐 텐데?"

"저도 그것이 의아하여 따로 조사했는데 이상한 점이 한둘이 아닙니다. 숨기기라도 한 것처럼 과거 행적을 전혀 찾아볼 수 없었습니다."

"혹 무림맹에서 온 사람인가?"

"충분히 가능성이 있습니다."

설용미가 사태의 심각성을 알고 인상을 찌푸렸다. 일 년 전이라면 대충 그녀가 이곳에 들어왔을 때이다. 설마 이렇게 빨리 무림맹에서 냄새를 맡았을 줄은 몰랐다.

"현재 근방 대장장이에게 보호를 받고 있다가 무당의 제자, 신녀문의 소문주와 호위 무사들이 함께 성도로 오고 있다고 합니다. 종리세가로 향하는 것 같습니다."

"대장장이?"

"광동 제일의 명장이라고 불리는 자입니다."

"그렇군. 그러고 보니 그 사람은 별호도 가지고 있다지?"

"예."

설용미도 흑수에 관해서 들어 본 적 있었다. 광동성에 사는 사람 중 흑수를 모르는 이는 드물 정도다.

"그러고 보니 신녀문의 소문주라…… 내가 알기로 교에서도 그녀를 노리고 있다고 들었는데."

"맞습니다. 특이한 체질을 지닌 덕분에 교에서 노리고 있었습니다."

"후후, 내가 잡아 놓으면 이런 촌구석에 있지 않아도 되겠어. 언제쯤 출세하나 생각했더니 뜻밖의 횡재를 하게 되네."

"그래도 조심해야 합니다. 교의 지원이 있으면 모르지만, 저희들이 부릴 수 있는 살수는 한정되어 있습니다. 게다가 명장의 무공도 감히 무시할 수 없다고 합니다. 생포하기는 쉽지 않을 것입니다."

"꼭 대놓고 살수를 보낼 필요는 없지."

설용미가 재미있는 것이 생각났다는 듯 웃더니 그에게 지시를 내렸다.

"마차에 타고 있는 소문주를 제외하고 한 명도 남김없이 전부 제거해. 꼭 살수가 습격하라는 법은 없잖아. 내말…… 알아들었지?"

허 장로는 그녀가 무슨 뜻에서 그런 말을 하는지 눈치챘다. 그의 눈빛을 보고 설용미가 가벼운 미소를 지었다.

"좋아. 알아서 잘 처리하리라 믿어. 이만 나가 보도록."

허 장로가 고개를 숙이며 밖으로 나갔다. 이제 병상에 누운 주철피와 설용미만이 남았다. 그녀는 한숨을 크게 몰아쉬며 인상을 찌푸렸다.

"다 좋은데 착한 척하는 일은 제게 안 맞네요. 어찌나 보는 눈들이 그렇게 많은지…… 들키지 않을까 조마조마했을 정도예요."

그러더니 그의 팔을 부드럽게 어루만지며 꾹 누르는 설용미.

"후욱— 쿨럭! 쿨럭!"

그 순간 잠을 자고 있던 주철피의 눈이 떠지며 심하게 기침을 했다.

"어머, 제가 깨운 건가요? 제가 이런 실수를 다 하네요. 호호호."

사실 실수가 아니었다. 그녀는 일부러 주철피의 혈을 풀었다. 그녀는 주철피의 혈을 제압해 남과 대화할 수 없도록 조치를 취했다.

이제는 굳이 혈을 제압하지 않더라도 누군가와 대화할

수 있는 상태가 아니지만 만일에 대비한 것이다.

그는 병상에 누워 있으면서도 두 눈을 시퍼렇게 뜬 채 그녀를 매섭게 노려보고 있었다.

그의 몸은 이미 만신창이가 다 되었다. 독에 의해 온몸은 검게 물들어 가고 있었고, 깨끗하던 얼굴은 검버섯이 피어오르고 있었다.

지금 왔다 간 의원은 그녀가 포섭한 의원이었다. 어지간한 돌팔이 의원이라도 이 정도 상태라면 독에 중독된 상태라는 걸 뻔히 알 수 있다.

그런데도 설용미를 제외하고 이 사실을 알지 못했다. 이미 의원은 그녀에게 매수된 것이기 때문이다.

다른 이들에게도 알려지지 않은 것은 방이 어둡기 때문이었다.

햇빛 하나 들어오지 않게 처리한 덕분에 이곳에 들어온 장로들도 그의 상태를 제대로 알 수 없었다.

게다가 그녀를 제외하면 이곳에 머무를 수도 없었다.

가장 마음을 터놓을 수 있는 사람들만이 출입할 수 있다고 하여 설용미를 고른다. 이것은 의원과 얘기를 맞춘 것이다.

늦게 설용미를 첩으로 들였으니 그만큼 애정이 깊을 것이라 생각하여 누구도 그것을 의심하지 않았다.

"걱정 마세요. 당신이 키운 유종상단은 제가 이어서 키울 테니까요. 아, 주혜연이 있는데 왜 제가 잇느냐고요? 당신의 딸도 이제 곧 당신을 따라갈 텐데 누가 이을 수 있겠어요."

"후욱! 후욱!"

주철피의 숨이 거칠어졌다. 무슨 소리를 하느냐는 듯 추궁하는 모습이다.

"호호호! 그래요, 더 흥분하세요. 당신의 그 모습. 아아, 정말 사랑스러워요. 저는 그 모습이 보고 싶었는데 이제야 보여 주는군요!"

그녀의 표정이 황홀함에 젖었다. 남의 고통을 즐기는 모습이다.

"아쉽군요. 당신의 딸이 고통 속에서 절망하는 그 모습을 보고 싶었는데. 아아, 당신 정도로 참아야 한다니. 아직 한참 모자란데 이 정도로 만족해야 하다니."

정말로 아쉽다는 듯이 보였다. 장난이 아니라 진심이라는 것에서 소름이 돋았다. 주철피는 이를 아득 물었다.

아무것도 하지 못하는 지금 자신이 너무도 원망스러웠고, 그녀에게 속았다는 것도 원망스러웠다.

"하지만 괜찮아요. 당신의 망가지는 모습을 즐길 수 있으니까요. 더! 조금 더! 그 모습을 제게 보여주세요! 첫날

밤 절 흥분시켰던 것처럼! 제가 만족할 때까지 살아 주세요. 그래 주실 수 있으시죠?"

설용미가 주철피의 뺨을 어루만졌다. 그녀는 확실한 광녀(狂女)였다.

남의 고통을 즐기는 모습은 누가 보더라도 정상이 아니었다.

주철피는 마음대로 죽을 수 없는 현실에 절망하면서 이를 아득 물었다. 그가 발악하는 모습에 설용미가 더욱 흥분했다.

*　　*　　*

광동성까지 향하는 길. 흑수 일행은 무당에서 준비한 마차를 타고 이동 중이었다. 성도로 향할 때마다 늘 가는 길목.

종리세가로 향할 때 지나온 길이다. 조금 외진 곳이라서 한적하기만 할 것이 분명한데, 오늘따라 주위가 소란스러웠다.

잠시 눈을 붙이고 있던 흑수가 다수의 인기척에 눈을 떴다. 심상치 않음을 느낀 것은 흑수만이 아니었다.

마차가 멈춰 서고, 소소와 백화령이 허리춤에 있는 검에 손을 댔다. 언제든 칼을 뽑을 준비를 하는 것이다.

그들을 태우고 가던 마부가 덜덜 떨며 말했다.

"사, 산적입니다."

마부는 어느 문파에도 속하지 않은 평범한 사람이다. 그렇기 때문에 산적들이 나타났다는 것에 두려움이 앞섰다.

흑수가 주위를 둘러보니 산적들이 모습을 드러낸 채 마차를 포위하고 있었다.

'스무 명 정도인가?'

이 정도면 꽤 규모가 큰 산적이라고 할 수 있었다. 흑수는 거기서 의문을 표했다.

외진 곳은 산적들이 간간이 있다고는 들었지만 성도로 가는 길에 산적이 있다는 소리는 들어 본 적이 없었다.

성도로 가는 길은 그만큼 길이 잘 닦여 있고, 관리도 잘 되는 탓이다.

상인들이 많이 가는 곳에는 산적이 있기 마련이지만, 이곳은 관군들이 자주 다니는 길이기도 했다. 이런 곳에서 산적이 출몰했다는 것 자체가 신기한 일이다.

성도로 가는 길에 산적들을 마주친 사람이 간간이 있다고 들었지만, 스무 명의 산적을 만났다는 소리는 들은 적이 없었다.

무엇보다 흑수도 성도로 가는 길에 산적을 만난 것은 이번이 처음이었다. 그런데 산적이라고 하기엔 그들의 행색이 조금 이상했다.

"산적들이 어째서 다들 저렇게 무기로 무장하고 있죠?"

산적들이 무기를 가지고 다니긴 하지만 그것이 꼭 무기만 국한된 것은 아니다. 그들의 과거만큼이나 각자 무기로 사용하는 것 또한 제각각이기 때문이다.

어떤 이는 낫을, 어떤 이는 괭이를. 지나가는 낭인이나 관군의 무기를 탈취했다면 또 모르지만 말이다. 그런데 지금 눈앞에 나타난 자들은 하나같이 모두 검과 창, 활 등을 들고 있었다.

백화령도 그것이 상당히 의아한 것이었다.

"녹림십팔채(綠林十八寨)인가?"

험준한 산악에 산채를 짓고 이를 근거지로 하여 전문적으로 노략질을 일삼는 자들이 바로 녹림십팔채다.

워낙 악명이 높아 흑수조차 그 이름을 알고 있을 정도다. 허나 호북성 녹림산을 근교에서 활동하는 산적들이 광동까지 왔다는 소리는 들어 본 적이 없었다.

"광동에 녹림십팔채가 들어왔다는 말은 전혀 못 들어봤어."

무당파의 제자인 소소는 녹림십팔채를 잘 알고 있다.

무당산이 호북에 위치해 있기 때문에 녹림십팔채에 대해

듣는 것이 많았기 때문이다.

그들이 이곳까지 흘러들어 왔을 수 있지만 지금 당장 그들을 어떻게 하지 못한다.

스무 명이나 되는 인원이 공격하게 되면 피해를 입게 될 것이 뻔했다.

"우리는 종리세가로 향하는 무인들이다. 서로 피를 보기 원치 않을 것이라 생각한다. 목적을 말하라. 통행료인가? 통행료라면 기꺼이 지불할 테니 길을 열어라."

불필요하게 힘을 빼고 싶지 않아 그녀가 전낭을 꺼냈다. 그 안에는 금자 몇 푼과 은자와 철전이 가득 들어 있었다.

이 정도면 그들도 충분히 만족할 만한 돈일 것이다. 그들도 피해를 입기 꺼릴 것이라 생각했으나, 그들은 물러설 기미가 보이지 않았다. 오히려 투지를 불태우고 있었다.

"아가씨. 몸을 낮추세요."

초린은 짐에 숨겨 두었던 검에 손을 뻗었다. 소소는 여전히 그녀가 무림맹의 무인이라는 사실을 모른다. 칼을 뽑고 공격하면 들킬 게 뻔하지만, 저들이 공격하면 맞서야 했다.

광동 이곳저곳을 돌아다닌 주혜연은 산적을 만난 적이 없었다.

무공은커녕 싸움을 못 하는 그녀에게 산적은 두려운 존

재였다.

녀석들은 돈이 가득 든 전낭을 보고도 꿈쩍도 하지 않았다. 그중 우두머리로 보이는 자가 백화령에게 검을 뻗었다.

"네년이 순순히 따라온다면 피를 볼 일은 없을 것이다."

백화령의 눈썹이 움찔거렸다. 신녀문의 무인들이 마차에 바짝 밀착하며 검을 꺼내 들었다. 녀석의 말에 목적이 무엇인지 알았기 때문이다.

"나를 노리고 온 녀석들이로구나."

스스로 왜 노림을 받는지 잘 아는 백화령. 강호를 나올 때마다 자신의 체질로 인해 벌어지는 습격은 간간이 있다.

그들의 목적이 자신이라는 것을 알고 백화령이 인상을 찌푸렸다.

우두머리가 손짓을 하자, 그들이 달려들기 시작했다. 녀석들이 움직이니 백화령과 소소가 검을 뽑아 들었다. 흑수가 도갑에서 오행대도를 뽑아 마차를 뛰어내렸다.

"제가 처리할 테니 다들 가만히 있어요!"

저들은 백화령만을 노리는 자들이다. 마교와 연관된 자들이 아닐까 하고 생각하며 흑수는 마차에서 앞으로 나섰다.

"오빠, 위험해!"

소소가 그에게 위험을 알렸지만, 그는 들은 체도 하지
않았다.

"기고만장한 녀석!"

한 녀석이 그를 향해 달려들었다. 다수를 상대로 달려들
다니. 어리석어도 보통 어리석은 행동이 아닐 수 없다. 녀
석의 얼굴에는 자신감이 서려 있었다.

그는 가장 먼저 달려든 한 명을 베기 위해 도를 휘둘렀
다.

검을 들어 막으려고 했지만, 흑수의 오행대도가 검과 함
께 한 놈의 살을 베어 버렸다.

녀석은 자신에게 무슨 일이 생긴지 전혀 감지하지 못한
표정으로 목이 떨어졌다.

흑수는 그것을 여유롭게 감상할 시간이 없었다. 이어서
세 명의 적이 그에게 도약했기 때문이다.

"무공을 배운 놈들이구나."

잠깐의 움직임으로 그들이 평범한 자들이 아니라는 것을
알 수 있었다. 하나같이 평범한 움직임이 아니었다. 무공
을 배운 것이 틀림이 없었다.

세 명의 적이 합공하여 그를 향해 깊게 찌르듯 들어왔
다. 매서운 합공이다. 하지만 흑수는 도리어 일보 전진해
서 오행대도를 휘둘러 한 녀석이 검은 옆으로 쳐 내더니 우

악스럽게 멱살을 잡았다. 그리고 녀석의 몸을 방패로 삼았다. 창과 화살이 날아오며 산적의 몸에 꽂혔다.

푹! 푹! 퍽!

"커억!"

뜨거운 피가 허공에서 춤을 추었다. 그는 멱살을 붙잡은 적을 옆으로 던져 버리고, 당황한 두 명의 적에게 오행대도를 휘둘러 손목을 베어 버렸다.

"끄아악!"

순식간에 넷을 무력화시켜 버린 흑수. 남은 적들이 이를 보고 뒤로 주춤 물러났다. 기선 제압에 성공한 것이다.

소소는 이를 멍하니 바라보았다.

흑수가 다수의 적들을 상대로도 압도적인 무력을 보이고 있어 믿기지 않았다.

소소와 백화령이라고 해도 저 인원을 상대하기는 불가능한 일이다. 하지만 흑수는 단신으로 그들을 압도하고 있었다.

'흑수 오빠…… 도대체 지금까지 무슨 일이 있던 거야?'

그가 살인에 망설임이 없다는 것이 더욱 놀라웠다. 소소는 강호를 주유하면서 많은 혈전을 치뤘지만 흑수는 다르다.

그는 원래 무인이 아닌 대장장이다.

구포현에서 지내던 그가 살인에 망설임이 없으니 놀랄 일이었다. 그가 오행대도를 우두머리에게 겨누며 위협했다.

"이 이상 피 보기 싫으면 이만 물러가는 게 좋을 거야. 서로 갈 길 가자고."

이 정도 기선을 제압했다면 저들도 쉽지 않으리라 보고 물러날 것이라고 생각한 흑수. 하지만 우두머리는 생각이 다른 모양이었다.

"뭐, 뭣들 하는 거야! 합공해서 없애 버려!"

인원수로 밀어붙이기 위해 그들이 진을 짜기 시작했다. 흑수는 녀석들이 진을 짜자 불편한 기색을 감추지 못했다.

"어쭈, 진형을 짜?"

이렇게 완벽하게 진형을 짜는 자들은 본 적이 없다. 하지만 깊게 생각하지 않기로 했다.

완전히 진형을 짜면 상대하기 어려워질 수 있으니, 이번에는 흑수가 녀석들에게 달려들었다.

그가 진형 한가운데로 파고들었다.

"오빠!"

"소소 님, 위험합니다!"

소소가 미차에서 뛰어내리며 그를 구하기 위해 달려가려

고 했으나, 백화령이 그녀를 말렸다.

제아무리 제대로 짜여진 진형이 아니라고는 하나 충분히 위협적이다.

자살 행위나 다름이 없다. 녀석들이 흑수를 향해 검을 찔렀다. 여러 곳에서 찔러 들어오니 피할 겨를이 없다.

그의 몸에 정확히 검을 찌르는 순간, 그들이 기겁했다. 검이 들어가지 않았다.

"뭐, 뭐야!"

당연히 들어가야 할 칼이 들어가지 않자 다들 당황한 기색이 역력했다. 흑수가 인상을 잔뜩 찌푸렸다.

일반적인 칼침이 그의 몸에 파고들지 못한다 해도 통증이 있었다.

아주 아프지는 않지만 기분이 나빴다.

"아프잖아, 이것들아!"

흑수가 오행대도를 크게 휘둘렀다. 그의 대도에 또다시 몇 명의 목이 날아갔다.

"옷 안에 갑옷을 입었구나!"

칼날에 뚫린 옷 속으로는 그의 맨살이 그대로 드러났지만, 우두머리는 단단한 갑옷을 입고 있어서 그렇다고 생각했다.

그래야 당당하게 진형 안으로 파고든 것이 설명이 되었

다. 하지만 제아무리 단단한 갑옷을 입고 있다 하더라도 뚫리기 마련이다. 진형 안으로 깊숙이 들어온 것은 그의 실수다.

"그놈을 집중적으로 노려!"

우두머리의 외침에 그들이 일제히 흑수에게 달려들었다. 하지만 흑수는 녀석들의 칼을 피하고 막으면서 반격했다.

그는 오행대도로만 공격하는 것이 아니었다.

필요하면 주먹과 발차기도 같이 연계했다. 힘이 얼마나 센지, 그의 주먹과 발차기를 당한 녀석들이 일어나지를 못했다.

흑수는 최소한의 움직임으로 적들을 쓰러뜨려 나갔다. 포위된 상태에서도 압도적인 무력을 보이자 적들의 피해가 늘어났다.

그는 열 명이 넘는 적들을 베어 내고, 당당히 서 있었다. 그는 그 자리에서 한 발자국도 움직이지 않았다.

"마, 말도 안 돼."

이를 목격한 소소의 눈이 화등잔처럼 커졌다. 흑수가 엄청난 내력을 지닌 것은 언뜻 알고 있었지만 이 정도의 실력자인 줄은 전혀 몰랐다.

눈으로 보고도 믿을 수 없었다. 그녀가 아는 한 절정의 무인도 저렇게는 못한다.

"이놈!"

이번에는 우두머리가 나서서 검기가 담긴 검을 기습적으로 휘둘렀다. 흑수는 고개를 살짝 옆으로 해서 검기를 흘려보냈다.

"어쭈, 이것 봐라. 검기를 써?"

"뭐, 뭣?!"

흑수가 자신의 검기를 피했다는 것에 당황한 우두머리. 우연치고는 너무 매끄럽게 피했다. 혹시나 싶어 몇 번 더 휘둘렀지만, 소용이 없었다. 흑수는 아무렇지도 않게 그의 검기를 계속 피했다.

검이 향하는 궤도를 읽어 내고 금기를 몸에 씌우면 검기가 통하지 않을지도 모르지만, 엄청난 고통이 수반될 게 뻔하다. 게다가 낭비할 필요도 없는 내력을 낭비하기도 싫었다.

흑수가 아무렇지 않게 그의 검기를 간발의 차로 피하자, 우두머리도 뭔가 잘못되었다는 걸 깨달았다.

"이, 이건 정보랑 다르잖아! 이게 어딜 봐서 삼류 무공을 익힌 대장장이야!"

"오호?"

흑수가 흥미로운 말을 듣고 호기심을 나타냈다. 자신에

대해서 너무 잘 안다. 무엇보다 그가 타고 있다는 것을 알고도 습격했다는 것이다. 녀석도 본인 스스로 말실수를 했다는 것을 깨달은 표정이다.

"그건 흘려들을 수 없는 말인데?"

누군가의 사주를 받은 것이 틀림이 없었다. 그렇지 않다면 마차에 타고 있는 사람의 정보를 자세히 알 수는 없었을 테니까.

"젠장!"

우두머리가 이번에는 공격을 포기하고, 달아나려고 했다. 하지만 흑수가 가만히 있지 않았다.

녀석이 무엇을 하려는지 짐작하고 녀석의 멱살을 잡아 던져 버렸다.

나무 기둥에 부딪친 우두머리가 고통에 신음했다. 검을 잡으려고 했지만 언제 다가온 것인지, 흑수가 그의 검을 낚아채고는 멀리 던져 버렸다.

흑수 혼자서 스무 명이나 되는 인원을 전부 무력화시켰다. 신녀문의 무인들도 놀라고, 소소도 놀라고, 주혜연과 초린도 놀랐다. 이곳에서 가장 담담한 사람은 백화령 한 명뿐이었다.

그의 경지를 가장 잘 알고 있는 사람은 그녀밖에 없었기 때문이다. 진주에 이렇게 될 줄 알고 있었고, 예상했던 바였다.

초린은 두 눈으로 보고도 믿기지 않는 일에 크게 당황해하고 있었다. 여차하면 자신도 힘을 보탤 생각이었는데, 나설 틈이 없었다.

'무공 자체는 삼류가 틀림이 없는데 이렇게 압도적으로 상대를 제압하다니.'

무인도 아니고 대장장이가 저러니 더 놀라웠다.

"살아 있는 자들을 모두 포박하고, 죽은 이는 확인 사살하라."

상황이 종료되자, 백화령이 호위 무사들에게 명령했다. 호위 무사들도 얼떨떨해하면서 일단 살아 있는 적들을 전부 확인해서 포박했다. 피를 너무 많이 흘린 자는 사살했다.

우두머리도 완전히 포박한 후에야 어느 정도 안심할 수 있었다. 호위 무사들은 일단 시체들을 길목에서 치우고 있었다.

너무 많아 묻을 수 없지만, 한곳에 모아 두기로 했다. 나중에 관군들에게 말하면 알아서 치워 줄 것이다.

살아 있는 적은 우두머리를 포함해서 다섯 명. 다섯 명 중에서 멀쩡한 자들은 없었다. 다들 어디 한 군데는 부러져 있었다.

그들을 횡으로 무릎 꿇리고 백화령이 다가왔다. 그들 중 한 명을 바라보며 물었다.

"너희들은 누구냐."

"모른다!"

백화령이 손짓하자 지연향이 망설임도 없이 한 명의 목을 베어 버렸다.

그녀는 말하지 않는 자들은 죽이겠다고 무언의 경고를 하고 있는 것이다.

"소문주님. 죽이실 필요까지는 없잖아요. 이미 무력화되어서 어떻게 하지도 못하는데."

소소가 그 잔혹한 면을 보고 말렸다. 설마 기껏 잡은 포로를 즉결 처형할 줄은 몰랐다. 하지만, 백화령은 단호했다.

"협조하면 살려 둔 채 관아로 보내겠으나, 비협조적이라면 차라리 이곳에서 죽여 싹을 잘라 버리는 게 현명합니다. 무엇보다 녀석들의 동료가 더 있을지도 모르지요."

"……."

틀린 말이 아니라서 반박을 하지 못하는 소소. 주혜연은 이미 시선을 돌리고 있었다.

그녀에게 이것은 너무도 잔혹한 것이었다. 백화령의 시선이 두 번째 인물에게 향했다.

"너희들은 누구냐."

같은 질문을 했지만 두 번째 인물은 그저 실실 웃기만 할 뿐이다. 말할 생각이 없다는 것으로 간주해서 녀석도 마저 죽였다.

전혀 망설이지 않는 행동에 소소가 불편한 기색을 숨기지 않았다.

백화령의 시선은 세 번째 인물에게 향했다. 녀석은 다른 비적들에 비해 상당히 어려 보였다. 약관이 지나지 않은 것 같아 보이는데, 비적질을 하고 있는 것 같았다. 그렇다 해도 백화령은 멈추지 않았다.

나이가 많든 적든 적일 뿐이다. 해를 끼칠 의도로 합류한 것이니 봐줄 이유가 전혀 없었다.

"너에게 묻겠다. 너희들은 누구지?"

앳되어 보이는 그가 덜덜 떨며 입을 열었다.

"사, 살려 주십시오! 저는…… 아니, 우리는 녹림에서 왔습니다!"

네 번째 인물과 우두머리가 그를 날카롭게 쏘아보았다.

"이, 이 배신자 녀석이……!"

"네놈……! 포박이 풀리면 네놈을 가장 먼저 죽일 것이야!"

나이 어린 그의 어깨가 움츠러들었다. 뒤늦게 후회하고

있었지만, 이미 내뱉은 말을 다시 주워 담을 수 없었다. 하지만 그는 지금 당장 살고 싶은 의지가 더욱 강했다.

"녹림? 녹림에서 여기까지 어떻게 온 것이냐?"

"구포현이 돈이 많다고 하기에 그곳을 노리러 가는 도중이었습니다."

그 말을 듣고 흑수의 눈이 움찔거렸다. 설마 녹림에서 구포현을 노리고 있을 줄은 전혀 몰랐기 때문이다. 소소도 녀석을 매섭게 노려보았다.

자신의 고향을 녹림에서 노리고 있다는 말을 그냥 흘려들을 수 없는 까닭이다.

"호북에 있어야 할 녹림이 어떻게 광동성의 소식을 듣게 되었지?"

작은 의문도 결코 놓치지 않고 묻는 백화령. 나이 어린 산적이 그에 답해 주었다.

"관군들에게 공격당해 동료들을 잃고 산채가 불타 도망치다가 이곳까지 흘러오게 되면서 듣게 되었습니다."

흑수와 백화령이 소소를 바라보았다. 무당파는 호북성에 위치해 있다. 무당파 제자인 소소라면 그 소식을 알고 있을지도 몰랐다.

"사실이에요. 산적들의 숫자가 날이 갈수록 증가하고, 마을 곳곳이 약탈당하는 일이 빈번해서 관군이 소탕 작전을 벌였거든요. 산채 하나를 불태웠다고 들었어요."

관군의 피해도 막심해서 더 이상 소탕 작전을 벌일 상황이 안 된다는 사실도 있었지만, 그 정보를 굳이 알리지 않았다.

"여기서 의문이 드는구나. 우리가 올 것을 알고 있었던 것 같은데. 그 이유는 무엇이지?"

"그 이유는 저도 모릅니다. 대장께서 의뢰가 들어왔다며 길목에 매복해 있으라고 했습니다. 자세한 내용은 모르지만 백의를 입은 여인을 생포하고 나머지는 죽이라는 것밖에……."

백화령의 시선이 우두머리에게로 향했다. 우두머리가 그녀의 시선을 피했다. 하기야 무슨 이유인지 말단의 산적들이 어떻게 알겠는가. 그 이유는 우두머리에게 따로 묻기로 했다.

"마지막으로 묻겠다. 인원은 이게 전부인가?"

"예, 더 이상 없습니다."

그때 네 번째 비적이 소리쳤다.

"더 없다고? 아니, 성도 입구에서 우리 동료들이 매복해 있다. 흐흐흐."

혼란을 주려는 의도인가, 아니면 저 말이 사실인가. 지연향의 검이 나이 어린 산적에게로 향했다. 그가 기겁하며 몸을 덜덜 떨었다. 백화령이 북해의 빙하처럼 차가운 눈으로 내려다보았다.

"한 치의 거짓도 없어야 할 것이다. 만일 저 녀석의 말대로 성도 입구에서 네놈의 동료들이 우릴 노리면 가장 먼저 네놈을 죽일 것이다."

나이 어린 산적이 울면서 맹렬히 부정했다.

"어, 없습니다. 정말 없습니다!"

"그래?"

백화령이 손짓하자, 지연향이 정보에 혼란을 주려던 네 번째 산적을 베어 버렸다.

나이 어린 산적이 큰 숨을 몰아쉬자 식은땀이 대지에 뚝뚝 떨어졌다.

백화령이 지연향에게 명령했다.

"이 아이를 마차에 태워라. 성도에서 관군들에게 넘긴다."

"예, 소문주님."

"감사합니다, 감사합니다!"

나이 어린 산적이 그녀에게 감사를 표했다. 그러나 관군에게 끌려가서 어떤 처벌을 받게 될지까지 장담할 수 없었다.

사형에 처해질지, 아니면 평생 노역을 할지. 어떤 형벌이라도 결코 가볍다고 볼 수 없었다.

도적질을 한다는 것은 결코 가벼운 죄가 아니었다. 백화령은 나이 어린 산적에게서 시선을 거두고 우두머리를 바라보았다.

"바른대로 말하는 게 좋을 것이다. 의뢰를 받았다고 하는데 배후가 누구지?"

의뢰 내용은 짐작해 본 바로 백화령의 납치뿐이다. 하지만 배후가 누구인지는 알아야 했다. 우두머리가 피식 웃었다.

"모른다. 내가 죽음을 두려워할 것 같나? 관아로 가면 난 무조건 처형이다. 늦든 빠르든 죽게 되어 있다는 것이다."

산적의 우두머리. 그것도 녹림십팔채 중 한 곳의 우두머리였으니 그 죄는 결코 가볍지 않을 것이다. 마을 약탈, 살인, 강간, 노략질은 중죄이다.

그의 말대로 어차피 죽을 텐데 뭐가 두렵겠는가. 정보를 얻기가 까다로워졌다고 생각했다. 잠자코 있던 흑수가

"소문주님. 그냥 단전을 파괴하고 이놈은 종리세가로 보내죠."

"종리세가로 말입니까?"

백화령이 그 이유를 묻는 표정으로 바라보았다. 흑수가

싱긋 웃었다.

"관군에게 붙잡혀 봤자 사형밖에 없을 텐데, 차라리 죽고 싶게 만드는 게 나을 거라고 생각합니다. 종리세가에서 죽여 달라고 말할 때까지 고문하면 언젠가 불지 않겠습니까?"

"뭐, 뭣?!"

백화령이 긍정을 표했다. 설마 그런 방법이 있을 줄이야.

나쁘지 않다는 생각이 들었다.

소소는 흑수가 잔혹한 말을 하자 인상을 찌푸리며 그를 바라보았다. 자신이 아는 흑수의 모습과 전혀 달랐기 때문이다.

슥—

백화령이 팔을 들어 올렸다. 그의 말대로 지금 당장 단전을 부숴 버리려는 것이다.

"자, 잠깐!"

우두머리가 다급히 소리쳤다. 백화령의 손이 녀석의 단전 앞에서 멈췄다. 녀석의 얼굴에 식은땀이 주르륵 흘러내렸다. 조금만 늦었더라면 정말 단전이 파괴되었을 것이다.

"뭐지?"

"유, 유중상단! 유중상단에서 보냈다!"

"유종상단에서 보냈다고요?"

이번에 반응을 한 것은 주혜연이었다. 유종상단에서 보냈다고 하니 당연히 인상이 찌푸려질 수밖에 없었다. 백화령은 담담한 표정으로 계속 취조했다.

"사실인가?"

"그, 그렇다."

"의뢰인은?"

"의뢰인은 모른다. 신녀문의 소문주를 납치하지 못한다 하더라도 주혜연은 반드시 죽이라고 했다. 주혜연을 죽여도 의뢰금을 준다고 했으니까!"

원래 이런 일에는 의뢰인을 적어 놓지 않은 일도 다수 있었다.

거짓말을 하는 것 같지는 않았다.

백화령의 잔혹한 모습을 보고 정말 죽여 달라고 할 때까지 고문할 것 같아 두려워하는 눈빛이었다. 그들이 말없이 서로를 바라보자 우두머리가 자신의 말을 믿지 않는 것으로 오해한 듯 묻지도 않은 걸 말했다.

"무려 금자 스무 냥이나 걸린 일이다. 신녀문의 소문주를 생포해서 넘기면 서른 냥의 거금을 준다고 했다. 무인들도 얼마 없고, 쉬워 보이는 일이니 거절할 이유가 없지 않은가!"

합해서 금자 오십 냥. 결코 적은 돈이 아니다. 평생 먹고 놀아도 다 쓸 수 있을지 모를 만큼 어마어마한 돈이었다.

확실히 그들 입장에서 흑수는 예상외였을 것이다.

삼류 무공을 익힌 대장장이라고 생각하고 왔을 테니까. 그가 초절정이라는 경지에 있는 것을 아는 이는 여기서 백화령 한 명뿐이다.

정작 흑수 본인도 자신의 경지를 모르는데 다른 이들이 그의 경지를 제대로 알 수 있을 리 없었다.

"배후가 유종상단이라는 것이 밝혀졌군요. 하지만 그만한 돈을 낼 사람이라면……."

백화령이 조심스럽게 주혜연을 바라보았다. 그녀가 고개를 끄덕였다.

"설용미밖에 없어요."

백화령을 노리는 마교가 유종상단에 있다는 것이 확인된 것이나 마찬가지였다.

이런 식으로 그녀를 노리는 집단은 지금까지 마교가 유일했다.

'설용미라는 자가 마교인이거나 마교와 결탁한 사람이라는 소리로군.'

확실한 것은 아니다. 하지만 가능성은 있다. 그녀가 초린을 바라보았다.

초린도 대충 신녀문에 대해 들은 바가 있기 때문에 같은 생각을 하고 있었다.

"그럼 일단 이자를 관아로 압송하기로 하죠."

백화령이 검집에 검을 집어넣었다. 우두머리가 안도의 한숨을 내쉬었다. 죽고 싶어도 죽을 수 없는 상태로 고문을 당할 바에야 차라리 처형이 낫다는 생각을 하는 것이다.

신녀문의 호위 무사들이 그를 일으켜 마차에 태우려고 할 때였다. 흑수가 그들을 멈춰 세웠다.

"잠시만요. 관아에 넘기지 말죠."

"뭐, 뭣?! 말이 다르지 않나! 난 사실대로 말했다고!"

어찌나 시끄러웠는지, 흑수가 귀를 막으며 녀석의 머리를 주먹으로 쥐어박았다. 완급을 조절하면서 때리긴 했지만, 상상 이상으로 아팠던 모양인지 녀석의 눈가에 눈물이 맺혔다.

"어디서 소리 지르고 난리야. 종리세가에 넘기려는 게 아니니까 맞고 싶지 않으면 입 닫고 있어."

이미 때려 놓고서 그런 말이라니. 우두머리가 죽일 듯 흑수를 노려보았지만, 그가 째려보자 즉시 시선을 피했다.

"무엇 때문에 그러는데?"

호기심이 넘치는 소소가 가장 궁금해했다. 흑수가 씩 웃었다.

"엄청 좋은 생각이 났거든."

모두의 시선이 모인 가운데, 흑수가 자신이 생각한 계책을 전달해 주었다.

〈다음 권에 계속〉

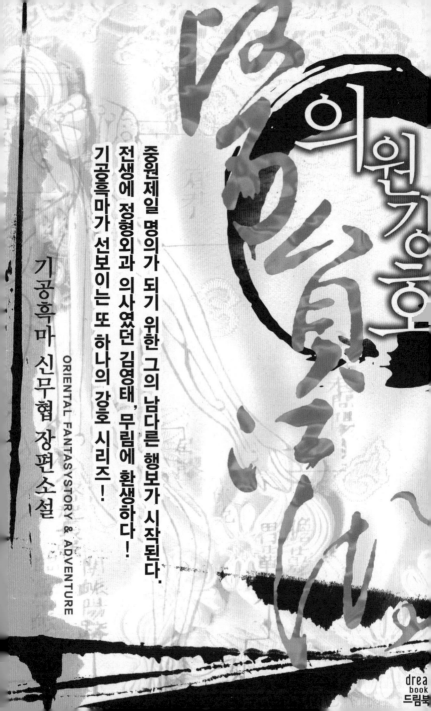

중원제일 명의가 되기 위한 그의 남다른 행보가 시작된다.

전생에 정형외과 의사였던 김영태, 무림에 환생하다!

기공흑마가 선보이는 또 하나의 강호 시리즈!

기공흑마 신무협 장편소설

ORIENTAL FANTASYSTORY & ADVENTURE

dream
book
드림북

반생학사

ORIENTAL FANTASY STORY & ADVENTURE

「학사귀환」, 「학사무경」의 작가 소유현
그가 풀어내는 또 하나의 학사 이야기!

시험에 낙방 후, 무한히 반복되는 시간의 굴레에 갇혔다.
감옥과도 같은 무한회귀 속에서 벗어나야 한다!

★
dream
books
드림북스

양경 신무협 장편소설

ORIENTAL FANTASYSTORY & ADVENTURE

무당신마

『화산검선』, 『악공무림』의 작가 양경!
그가 선보이는 또 다른 신무협의 세계!

『무당신마(武當神魔)』
도가의 성지 무당파에서 새로운 마(魔)가 태동한다!

dream
books
드림북스